분실물 가게

❷

분실물 가게 2

지은이 히로시마 레이코
펴낸이 임상진
펴낸곳 (주)넥서스

초판 1쇄 발행 2022년 5월 2일
초판 4쇄 발행 2022년 5월 10일

출판신고 1992년 4월 3일 제311-2002-2호
주소 10880 경기도 파주시 지목로 5
전화 (02)330-5500 팩스 (02)330-5555
ISBN 979-11-6683-252-9 44830

저자와 출판사의 허락 없이 내용의 일부를
인용하거나 발췌하는 것을 금합니다.
저자와의 협의에 따라서 인지는 붙이지 않습니다.

가격은 뒤표지에 있습니다.
잘못 만들어진 책은 구입처에서 바꾸어 드립니다.

www.nexusbook.com

무엇이든 찾아 드립니다

분실물 가게

2

히로시마 레이코 지음
김지영 옮김

넥서스Friends

* 일러두기
모든 각주는 옮긴이의 것입니다.

차
례

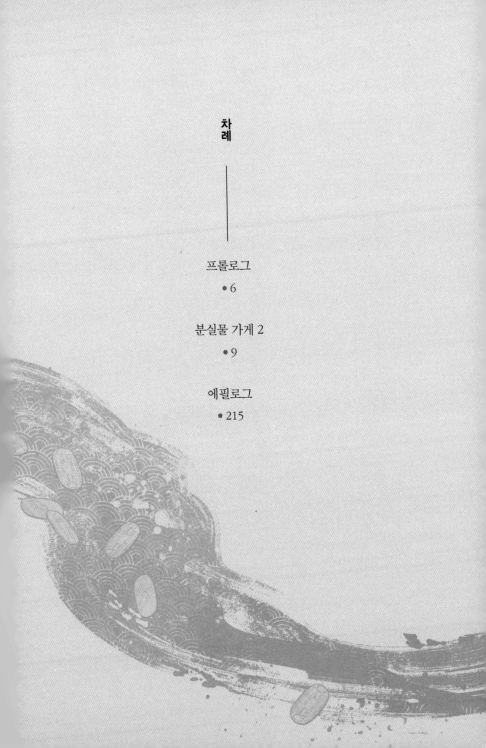

프롤로그

괴물 공동주택, 에도에 있는 많고 많은 공동주택 중에서도 대단히 평판이 나쁜 곳이다. 그 불온한 호칭에 걸맞게 이곳에 거주하는 사람들은 저마다 복잡한 사정이 있는 괴짜와 기인들뿐. 여하튼 집주인부터 별명이 염라대왕이니 결코 평범할 리가 없는 곳이다.

그런 괴물 공동주택에 햐쿠라는 여자도 살고 있다. 나이는 한창때를 지나 이제 곧 스물아홉 살이 된다. 그럭저럭 미인인 축에 속하지만 눈초리가 매섭고 성격은 더더욱 매섭다.

그뿐만이 아니다. 푸른빛을 띠는 그녀의 신비로운 왼쪽 눈에는 보이지 않아야 할 것들이 보인다. 괴물 공동주택에 살기에는 그 조건이 차고 넘칠 정도로 충분한 여자인 셈이다.

왼쪽 눈의 힘을 이용해 '분실물 가게'를 꾸려 나가고 있는 햐쿠. 그런데 맹랑하게도 그런 햐쿠의 집에 눌러앉은 자가 있다. 바로 꼬마 너구리 요괴, 고게차마루다. 산신의 하인인 그는 햐쿠의 눈에 깃든 산신의 비늘을 얻기 전까지는 자신이 살던 산으로 돌아가지 않겠다고 선언한다.

처음에는 고게차마루를 끔찍이도 싫어하던 햐쿠였지만 이 꼬마 너구리 요괴는 집안일을 척척 해치워 주는 데다가 무엇보다 음식 솜씨가 정말로 훌륭했다.

한동안 곁에 둬도 되겠군.

햐쿠는 점차 그렇게 생각하게 되었다. 그러나 때때로 후회가 밀려오기도 한다. 하루에도 몇 번씩 "이렇게 잔소리가 심한 망할 너구리 따위는 들이는 게 아니었어." 하고 한탄할 때마다.

1

해가 바뀐 지도 꽤 지났고 새해의 들뜬 기분도 어느 정도 가라앉은 분위기였다. 하지만 괴물 공동주택, 햐쿠의 집에서는 오늘도 아침 댓바람부터 고게차마루가 불평을 늘어놓고 있었다.

"햐쿠 씨, 햐쿠 씨! 슬슬 일어나야죠. 설은 한참 전에 지났는데, 언제까지 연휴인 것처럼 이렇게 누워 지낼 거예요? 그렇게 게으름만 피우다가는 조만간 둥근 보름달처럼 살찌고 말 거라고요!"

고게차마루는 고타쓰[1]에 들어간 채 꼼짝도 하지 않는 햐

---

1. 나무 탁상에 이불을 덮고 그 아래에 화로를 넣은 온열 기구

쿠를 마구 흔들었다. 고게차마루의 원래 모습은 새끼 너구리이지만 지금은 오동통한 여덟 살 정도의 남자아이로 변신해 있었다. 하지만 통통한 꼬리만큼은 여전히 옷 밖으로 쑤욱 삐져나와 있었다. 햐쿠는 그런 고게차마루를 힘없이 노려보았다.

"시끄러워. 내가 환자도 아닌데 계속 죽만 먹이니까 힘이 하나도 안 나서 그런 거잖아."

"자업자득이에요. 그렇게 돈 낭비를 했으니 당분간은 계속 죽만 먹을 각오는 해야죠."

"네가 무슨 지옥의 파수꾼이냐? 아아, 따뜻한 밥과 된장국, 계란말이가 먹고 싶어. 그리고 술, 술을 마시고 싶다고오오."

"그럼 밖에 나가서 일을 찾아오세요. 조금이라도 돈을 벌어 온다면 주먹밥 정도는 준비해 드릴 테니까요."

"……추워서 밖에 나가기 싫단 말이야."

"으이이이익! 그렇게 말만 하고 있다가는 천 냥 상자는 영원히 채워지지 않을 거라고요!"

"진짜 시끄럽네. 대체 네가 뭔데 입만 열면 돈 벌어 와라, 돈 벌어 와라, 그 소리만 하는 거야? 내가 무슨 식충이 남편이냐? 난 마누라를 얻은 기억도 없는데 말이야."

햐쿠가 잔뜩 비꼬자, 이번에는 고게차마루가 노려보았다.

"천 냥 상자가 가득 차기 전까지 비늘을 돌려주지 않겠다고 말한 건 어디 사는 누구였죠? 비늘을 돌려준다면 사금을 잔뜩 드리겠다고까지 했는데 억지나 부리고. 이상한 고집이 있다니까, 정말!"

"너, 그렇게 말하기 전에 생각 좀 해 봐."

햐쿠는 고타쓰에서 몸을 일으켜 앉더니 검은 안대를 한 왼쪽 눈을 손가락으로 가리켜 보였다.

"이 녀석 덕분에 나는 부모한테 버림받고 괴물 취급당하며 살았거든? 그런데 그 이유라는 게 뭐야. 여자 문제로 칠칠치 못한 산신이랑 그 아내인 여신이 부부 싸움을 했기 때문이라지?"

"……."

"싸우다 흩뿌려진 산신의 비늘 중 하나가 운 나쁘게 내 왼쪽 눈에 들어갔다고? 그런 하찮은 일 때문에 내가 지금껏 살아오면서 온갖 고초를 겪었던 거라고? 하! 그런 말을 듣고서 순순히 네, 그러신가요, 돌려드릴게요, 라고는 입이 찢어져도 말 못 해."

"……뭐, 그 마음은 잘 알겠지만요."

그에 대해서는 고게차마루도 선뜻 반론할 수 없었다. 하지만 그렇다고 해서 잠자코 있을 수만은 없다. 왼쪽 눈의 힘으로 천 냥을 모으면 비늘을 돌려주겠다고, 햐쿠가 약속했기 때문이다. 고게차마루로서는 햐쿠가 분실물 가게 일을 더 열심히 해 주기를 바랄 뿐이었다.

"올해 안에 햐쿠 씨의 비늘을 돌려받고 싶은데……. 그러면 내년 축제에서도 주인님께서 힘차게 춤을 추실 수 있고, 산의 결실도 풍성해질 텐데."

"흥! 이제 막 새해가 된 참인데 벌써 내년 일을 생각하다니 성미도 급하네. 내년 일을 미리 이야기하면 도깨비가 웃는다는 옛말도 있던데, 네 경우에는 뭐가 웃으려나?"

"……도깨비보다 무서운 햐쿠 씨가 웃지 않을까요?"

"어라, 너구리치고는 괜찮은 대답이잖아."

깔깔 웃는 햐쿠를 향해 고게차마루는 간드러지는 목소리로 다시 설득하려고 했다.

"저기, 햐쿠 씨. 만일 오늘 밖에 나가서 손님을 찾아온다면 오랜만에 술을 한 병 드릴게요. 꼬치구이도 만들어 드리고요. 달짝지근한 된장을 발라서 구운 곤약, 좋아하시잖아요?"

"흐음~?"

"맞다, 토란도 조려 드릴게요. 통통하고 맛있는 걸로."

"흐응~ 그건 좀 당기네……. 너, 잠깐 이리 와 봐."

"왜요?"

순순히 다가간 고게차마루의 바짓가랑이 사이로 햐쿠가 손을 쑥 찔러 넣었다. 갑작스러운 일에 고게차마루는 꺄악,

하고 비명을 질렀다.

"무무무무무슨!"

"어라라, 어디 보자…… 흐음. 여자처럼 나긋나긋한 목소리로 나를 살살 구워삶으려고 하는 모습을 보고 혹시나 했는데 남자가 맞긴 하네. 뭐야, 혹시 잡아당기면 다다미 여덟 장 정도로 늘어나려나?[2]"

"으아아아앗! 너, 너무해! 바보, 멍청이이이이이!"

고게차마루는 엉엉 울면서 밖으로 뛰쳐나가 버렸다. 그 와중에도 기특하게 꼬리는 제대로 숨기고 나갔다. '좀 너무 했나.' 하고 햐쿠는 혀를 날름 내밀었다.

뭐, 얼마 있으면 돌아오겠지. 하지만 조금 전의 장난에 대한 화풀이로 더 묽은 죽을 연달아 내줄지도 모른다. 그렇게 되지 않도록 오늘은 조금이나마 의욕을 보여 볼까.

고타쓰 안에서 햐쿠가 그런 생각을 하고 있을 때였다. 순간 문이 드르륵 열리더니 한 남자가 안으로 들어왔다. 마흔 살 정도 된 덩치 큰 남자였다. 행동이 느릿느릿 굼떠서 마치 소 같았다. 눈은 감은 듯이 가늘었는데 그 때문인지 얼굴이 묘하게 밋밋하게 보였다. 슬쩍 돌아본 햐쿠의 입꼬리가 시옷자로 처졌다.

---

2. 일본의 옛말 중에 크게 펼쳐진 것을 비유하는 표현으로 '너구리 불알은 다다미 여덟 장'이라는 말이 있다

"뭐야. 너구나, 사콘지."

"……햐쿠, 실례 좀 할게."

남자의 목소리는 속삭임에 가까웠다. 마치 공기에 스르륵 녹아 버릴 듯이 연약했다. 커다란 덩치와는 뭔가 어울리지 않는 그 속삭임. 무언가 형용할 수 없는 기분 나쁜 분위기가 감도는 그를, 아마도 대부분의 사람들은 피할 것이다. 하지만 그를 마주한 햐쿠는 쓴웃음을 지을 뿐이었다.

"여전히 생기 없는 목소리네. 꼭 유령 같아."

"……타고난 목소리가 이런걸. 어쩔 수 없지."

속삭이듯 말하는 이 남자는 인형사 사콘지. 인간과 똑 닮은 인형을 만드는 것으로 알려져 있으며 그야말로 인형에 몸과 마음을 다 바친 장인이었다. 인형을 만들기 위해서라면 무덤을 파헤쳐 죽은 사람의 유골과 피부와 머리카락을 훔치는 짓도 아무렇지 않게 저지르고는 했다.

다시 말해 평범한 사람들과는 근본적으로 다른 정신세계를 소유하고 있는 사람이었다. 바로 그 점을 괴물 공동주택의 집주인으로부터 인정받아 사콘지 역시 이곳에 살 수 있게 되었다. 그러니까 그도 햐쿠의 이웃 중 한 명인 셈이었다.

아무튼 사콘지의 얼굴을 보자마자 햐쿠는 '무슨 일이 있구나.' 하고 직감했다. 공동주택의 주민들끼리는 평소에 거의 교류가 없다. 서로를 찾는 것은 곤란한 일이나 부탁이 있을 때뿐이다.

예상대로 사콘지는 우울한 목소리로 속삭였다.

"……부탁이 있어."

"흐음, 그럴 거라 생각했지. 그래서? 부탁을 들어주면 돈은 주나?"

"……그래, 보수는 확실히 지불하지. ……내 인형을 도둑맞았어. 그걸 찾아서 가져다줬으면 해."

"네 인형을?"

사콘지는 깜짝 놀라는 햐쿠를 똑바로 바라보았다. 평소에는 표정이 거의 없는 얼굴이었지만 지금은 은근한 불안과 초조가 그의 얼굴에 배어나고 있었다.

"……도둑맞은 건 최근 한 달 사이일 거야. 한 달 동안 내가 집을 비웠는데…… 그 틈을 노린 것 같아. 돌아와 보니 인형이 없었고."

"그렇다는 건 어쩌면 한 달도 더 전에 도둑맞았을지도 모른다는 거네? ……그럼 너, 곤란하지 않아?"

"……맞아. 그러니까 네게 부탁하는 거야. ……찾아 줘. 그러면 한 냥을 내지."

"두 냥."

햐쿠는 단호하게 말했다.

"……너무 비싸."

"나는 확실하게 규칙을 정해 놨다고. 일반적인 분실물은 한 푼, 실종된 사람은 한 냥, 그리고 쓸데없이 귀찮은 의뢰는 두 냥이야. 네 인형은 누가 봐도 터무니없는 물건이잖아? 찾는 건 둘째 치고, 되찾아 오는 것도 고역일 거야. 그런 쓸데없는 걸 훔쳐 간 걸로 봐서는 정신 나간 녀석의 소행임에 틀림없으니까."

"내, 내 인형을 바보 취급하지 마아아!"

갑자기 사콘지가 눈을 번뜩이더니 햐쿠에게 달려들었다. 갓난아기 머리쯤은 당장에라도 짜부라트릴 수 있을 것 같은 커다란 손이 햐쿠의 가느다란 목을 꽉 붙들었다. 아차 하고 햐쿠는 발버둥질했지만 압도적인 힘에 눌려 어쩔 도리가 없었다.

목을 졸린 햐쿠가 까무러칠 뻔한 바로 그때였다. 울어서 눈이 탱탱 부은 얼굴의 고게차마루가 집 안으로 들어왔다. 고게차마루는 방 안의 광경을 보고 한순간 몸이 굳었지만 바로 제정신을 차렸다.

"햐, 햐쿠 씨한테 무슨 짓이야!"

비명과도 같은 소리를 내지르며 고게차마루는 사콘지에게 달려가 그의 손을 물고 늘어졌다. 그 순간 사콘지는 햐쿠의 목에서 손을 확 뗐다. 그런 다음 흙마루로 뛰어내리더니, 커다란 몸을 가여울 정도로 움츠리고는 바닥에 엎드린 채 머리를 숙였다.

"미, 미안. 나도 모르게…… 잠깐 정신이 나가서……."

"콜록! 아니, 괘, 괜찮아. 나, 나도 깜박했어. 네 앞에서 네 인형을 나, 나쁘게 말하다니."

햐쿠는 아픈 목을 어루만지면서도 바닥에 엎드려 있는 인형사를 바라보았다.

"인형은 찾아 줄게. 그 대신, 콜록, 대가는 확실하게 받을 거야. 내 목을 조른 몫까지 포함해서."

"……알겠어."

"좋아, 그렇다면 의욕이 좀 나지. 아아, 고게차마루. 이, 이제 괜찮아. 콜록! 그러니까, 그 식칼 좀 내려놔."

어느새 식칼을 움켜쥐고 있는 고게차마루를 달랜 뒤, 햐쿠는 다시 한번 인형사를 향해 물었다.

"그래서, 도둑맞은 인형은 어떤 건데?"

"……젊은 남자 인형이야. 이름은 아직 없어. 그러니까…… 어떤 녀석이든 될 수 있지. ……하지만 무척 위험해. 자칫하다간……."

"그래, 희생자가 나오기 전에 어떻게든 찾아야겠지."

그렇게 중얼거린 순간, 햐쿠는 안대 안쪽에서 왼쪽 눈이 은근하게 뜨거워지는 것을 느꼈다. 오랜만에 들어온 의뢰에 투지가 샘솟은 것일까, 아니면 앞으로 다가올 위험을 알리는 것일까. 어느 쪽이든 간에 일단 기합을 넣어야겠다며 햐쿠는 크게 숨을 들이쉬었다.

햐쿠는 "나중에 네 집으로 찾아갈게."라고 말하고는 일단 사콘지를 돌려보냈다. 그런 다음 목에 고약을 바르고 외출 준비를 했다. 그 옆에서 고게차마루는 못마땅한 듯 볼을 부풀리고 있었다.

"저런 사람의 부탁을 정말로 들어줄 거예요?"

"일이니까. 돈이 된다면 할 수밖에 없지. 너도 내가 돈을 벌어 오면 좋잖아?"

"그야 그렇지만…… 햐쿠 씨, 죽을 뻔했잖아요? 무슨 일이 있었던 건지는 아는 거죠?"

"그래, 하지만 그건 내가 먼저 잘못했기 때문이야. 저 남자 앞에서 인형을 조금이라도 나쁘게 말하면 안 된다는 걸 깜빡했지 뭐야."

죽을 뻔한 것치고 햐쿠는 태평했다. 고게차마루가 보기에는 오히려 그게 더 무서웠다.

"정말이지, 여긴 괴물 같은 사람들뿐이라니까……."

무심코 중얼거리는 고게차마루를 보고 햐쿠는 히죽 웃었다.

"그래도 아까 전에는 네 덕분에 살았어. 그때 네가 뛰어들어오지 않았다면 난 정말 죽었을지도 모르니까. 고마워. 나중에 사탕이라도 사 줄까?"

"아니요, 그보다는 매일 돈이나 좀 벌어 오셨으면 해요."

"흥, 또 그 이야기로구나. 아무튼 귀여운 구석이라고는 없다니까. 네네, 알겠습니다. 그럼 당장 돈을 벌러 가 볼까요? 너는 어쩔…… 아니, 너, 아직도 식칼을 쥐고 있는 거야?"

"네, 일단 이대로 가져가 보려고요. 햐쿠 씨가 또 무심코 말실수할 경우를 대비해서."

"건방지긴. 내가 똑같은 실수나 반복하는 사람으로밖에 안 보여?"

"입이 닳도록 말해도 그 칠칠치 못한 버릇을 못 고치는 건 어디 사는 누구인가요?"

"그건 성격이라는 거야. 실수와는 다른 거라고."

그렇게 말싸움을 주고받으며, 햐쿠와 고게차마루는 밖으로 나가 사콘지가 사는 집으로 향했다.

사콘지의 집은 햐쿠의 집과 똑같은 구조였다. 하지만 햐쿠의 집보다 훨씬 좁게 느껴졌다. 갑갑할 정도로 여러 가지 도구들을 잔뜩 늘어놓았기 때문이다.

다다미 위에 인형 틀 같은 것이 잔뜩 쌓여 있었다. 천장의 들보에는 형태를 잡은 팔과 다리 등이 대롱대롱 매달려 있었는데 아마 열 개는 넘는 듯했다.

장롱의 서랍은 약간 열려 있었는데 그곳에도 머리카락처럼 보이는 검은 뭉치가 가득 차 있었다. 바닥은 더러웠고 무언지 알 수 없는 흰 파편들이 흩어져 있었다. 게다가 냄새도 났다. 무어라 형용할 수 없는, 기름 냄새가 섞인 강한 악취가 감돌았다.

어찌 되었든 기이한 분위기였다. 고게차마루는 저도 모르게 몸을 부들부들 떨었다. 하쿠의 뒤에 숨듯이 매달린 채 고게차마루가 속삭였다.

"……사콘지 씨, 도대체 잠은 어떻게 자는 걸까요?"

"흙마루에 이불을 깔고 자겠지. 봐, 저기 이불이 둘둘 말려 있잖아."

"히이익! 자기는 땅바닥에서 자고, 인형이랑 도구는 다다미 위에 둔다고요?"

"원래 그런 녀석이야. 잠깐, 들러붙지 좀 마."

"생명의 은인한테 그렇게 심술궂게 말하지 마세요."

"나 원 참. 이 겁쟁이 너구리 녀석!"

그렇게 욕을 하면서 그대로 집 안으로 들어간 하쿠는 흙마루에 서 있는 사콘지에게 물었다.

"도둑맞았다는 인형은 어디에 있었어?"

"……저쪽이야."

사콘지는 방의 한쪽 구석을 가리켰다.

"……아직 만들던 중이긴 했지만…… 거의 완성된 거나 다름없는 상태였어."

"알겠어. 최대한 서두르지."

햐쿠는 고개를 끄덕인 다음, 안대를 풀고 왼쪽 눈으로 그곳을 바라보았다. 즉시 시야가 넓어졌다. 햐쿠의 왼쪽 눈에 비치는 것은 모두 푸르게 물들어 있었다. 다다미도 천장도 도구도 마치 푸른 물속에 잠겨 있는 듯했다.

그 가운데에서 현실과는 어울리지 않는 이질적인 것들은 조금 다른 색과 빛을 발하고 있었다. 이를테면 장롱의 열린 서랍에서 엿보이는 머리카락 다발 같은 것이었다. 머리 다발은 희미한 청백색으로 불타고 있었다.

무두질하던 것으로 보이는 가죽은 분명 누군가에게 살해당한 여자의 시체에서 벗겨 온 것일 터였다. 아니나 다를까 가죽 위에 검붉은 분노의 손자국이 잔뜩 나 있었다. 그제야 바닥 여기저기에 굴러다니던 흰 파편들이 해골이라는 것을 알 수 있었다.

하지만 햐쿠의 눈길은 그러한 것들에 오래 머무르지 않았다. 그리고 이내 자신이 봐야 할 것을 찾았다. 그것은 금방 찾을 수 있었다. 바닥에 작은 발자국이 남아 있었던 것이다. 발자국은 도둑맞은 인형이 있던 장소로 향했다가, 다시 바깥으로 나가는 방향으로 이어져 있었다. 그 발자국은 강렬한 노란색이었다. 집착의 색이었다.

꺼림칙한 기분을 느낀 햐쿠는 쭈그려 앉아 발자국을 빤히 바라보았다.

"그 인형을 훔친 건…… 아마 젊은 여자일 거야. 발자국이 작아."

햐쿠는 그렇게 중얼거리며 발자국에 손을 댔다. 그 순간 발자국에서 실이 둥실 떠올랐다. 그 실은 바깥으로 뻗어 나가더니 팽팽하게 당겨졌다. 발자국의 주인과 연결된 것이다. 이 실을 따라가면 인형을 훔친 자가 있는 곳에 도달할 수 있을 것이다.

하지만 햐쿠는 곧바로 움직이지 않았다. 우선 손끝으로 실을 튕겨 보았다. 그러자 갑자기 소리가 들려왔다.

그리워, 그리워.

그렇게 말하는 듯했다.

"일이 점점 더 꼬이는군. ……내 감으로는, 이 도둑은 사랑에 빠져 있어."

사콘지의 얼굴이 단번에 창백해졌다.

"그건…… 난감하군."

"그래, 바로 찾으러 갈게."

"……나도 같이 갈게."

"뭐, 그게 좋을지도 모르겠네. ……이쪽이야. 서둘러."

햐쿠와 사콘지는 황급히 밖으로 뛰쳐나갔다. 영문을 모른 채 고게차마루도 그 뒤를 쫓았다. 그러나 고게차마루의 코

역시 진작에 불온한 냄새를 감지하고 있었다.

이번 일은 절대 쉽게 끝나지 않아.

꼭 그렇게 말해 주는 것만 같았다.

때는 보름 정도 전으로 거슬러 올라간다. 그날 염색 도매상 아이조노야의 외동딸인 구미는 하녀도 대동하지 않은 채 몰래 가게를 빠져나왔다. 자신이 어디를 가는지 그 누구에게도 알리지 않았다. 아니, 말할 수 없었다.

에도의 악명 높은 괴물 공동주택을 찾아가다니, 입이 찢어져도 말할 수는 없다. 심지어 저주를 의뢰하러 가는 것이기에 더더욱. 연적인 요네를 저주해 죽이고 싶다. 구미의 바람은 오로지 그것뿐이었다.

열일곱 살인 구미에게 있어, 같은 나이인 요네는 갈가리 찢어 죽이고 싶을 정도로 증오스러운 상대였다. 구미는 하나부터 열까지 늘 요네와 비교당했다. 그도 그럴 것이, 두 사람은 같은 나이인 데다 평판이 자자한 미인이었다. 한쪽은 사업이 한창 번성하고 있는 염색 도매상의 딸, 또 한쪽은 유서 깊은 여관집의 딸이니 우열을 가리기 어려울 정도였다.

주위에서 자꾸 그렇게 비교하자 언젠가부터 구미는 요네에게 지고 싶지 않다는 마음이 강해졌다. 하지만 구미는 요네에게 졌다. 그것도 하필이면 절대 지고 싶지 않은 일에서.

"산지로 씨……."

그리운 남자의 이름을 부르는 순간, 가슴이 욱신거리며 아픔이 느껴졌다. 산지로는 비녀를 만드는 장인이었다. 젊은 나이임에도 비녀 만드는 솜씨가 훌륭했고, 뭇 처자들의 마음을 사로잡는 수려한 외모를 지니고 있었다. 구미 역시 어떻게든 자신을 봐 주기를 바라는 마음에 자꾸만 산지로의 비녀를 사들이고는 했다.

그런 구미의 마음은 차고 넘칠 정도로 산지로에게 전달되었을 것이다. 하지만 산지로는 구미를 선택하지 않았다. 그의 마음은 이미 요네에게 닿아 있었고, 두 사람은 결국 부부가 되기로 약속한 것이다.

그 사실을 전해 들은 날부터 구미는 잠을 이룰 수가 없었다. 눈을 감으면 산지로의 어깨에 기대는 요네의 모습이 떠올랐고, 사방에서 요네의 높은 웃음소리가 들려왔다.

질투와 분노로 가득 찬 날들이 이어지자 구미는 당장이라도 미쳐 버릴 것만 같았다. 이윽고 구미의 마음속에는 또렷한 살의가 싹텄다. 어느덧 그 마음은 구미를 완전히 지배해 버렸다.

그 애가 산지로의 부인이 되다니, 용서 못 해. 그렇게 되도록 놔둘까 봐?

처음에는 자신의 손으로 직접 죽이려 했지만 구미는 곧바로 생각을 고쳐먹었다. 요네만 없어지면 산지로는 그때야말로 구미를 바라봐 줄 것이다. 그렇게 될 날을 생각하면 자신이 살인범이 될 수는 없는 일이었다. 그러다 구미는 결국 괴물 공동주택을 떠올린 것이다.

기괴한 자들이 모여 산다는 괴물 공동주택. 그곳에 가면 주술을 부릴 수 있는 자가 있을지도 몰라. 그자에게 요네를 저주해 죽여 달라고 하자.

구미는 아버지의 손궤짝에서 몰래 스무 냥의 거금을 빼낸 뒤, 괴물 공동주택으로 향했다. 그곳으로 걸어가는 동안에도 요네를 향한 증오는 멈추지 않았다.

미워, 너무 미워. 무슨 수로 산지로 씨를 꼬드겼을까? 요네 이 나쁜 년, 죽어라, 죽어!

마음속으로 온갖 더러운 말들을 토해 내던 구미는 드디어 괴물 공동주택 앞에 도착했다. 평범한 공동주택과 달리 괴물 공동주택 일대는 쥐죽은 듯이 고요했다. 길가에서 수다를 떠는 아주머니들의 모습도 보이지 않았고, 뛰어노는 아이들도 없었다. 마치 사람이 살지 않는 곳처럼 적막했다. 세간에는 설이 가까워 오면서 흥겨운 분위기가 흘러넘치는데, 이곳은 그런 분위기와는 거리가 멀었다.

구미는 공연스레 주눅이 들었지만 조심스럽게 발을 내디뎠다.

엿보지 마. 다가오지 마.

그런 분위기가 강렬하게 느껴졌다. 구미는 점점 기력이 빠지는 것 같았다. 집집마다 문을 두드리며 "혹시 주술사님 계신가요?"라고 물을 작정이었지만 그럴 수 없었다. 문을 두드릴 용기조차 나지 않았던 것이다.

불안에 사로잡혀 온몸이 굳어 버릴 것 같던 그때, 구미는 창문이 약간 열린 어느 집을 발견했다.

안에 누가 있는지 살짝만 들여다보자. 그리고 말을 걸어 보자.

두근거리는 마음으로 구미는 창틈에 얼굴을 가까이 하고 집 안을 들여다보았다. 그 안은 무언가로 엉망진창 어질러 져 있었다. 아마도 장인의 집인 듯했다. 본 적도 없는 도구 와 재료 같은 것들이 산처럼 쌓여 있었다. 그리고 그 안에 하얗고 커다란 인형이 있었다.

등신대의 젊은 남자 인형. 알몸이었고 상아색의 매끄러운 피부가 묘하게 징그러웠다. 인형은 벽에 기대듯이 앉아 있 었는데 그 모습이 마치 살아 있는 것만 같았다. 머리카락은 없었지만 얼굴도 살아 있는 인간 그 자체였다.

게다가 미남이었다. 어딘지 모르게 자신이 사랑하는 산지 로와 닮아 보였다. 그렇게 생각한 순간, 구미의 머릿속에서 무언가가 팍, 하고 터졌다.

갖고 싶어. 저 인형을 갖고 싶어.

집 안에 아무도 없는 것을 확인한 다음, 구미는 집 앞으로 돌아가 문을 열고 안으로 미끄러지듯 들어갔다. 방 안은 엄청난 악취로 가득했지만 구미는 조금도 주저하지 않았다. 구미의 눈길은 오로지 그 인형에게로 향해 있었다. 역시 산지로와 닮았다. 콧대와 입매가 특히 그랬다.

인형을 살짝 만져 보았다. 싸늘했지만 탄력이 있었다. 어떻게 만들었는지는 모르지만 분명 사람의 살결 같았다. 어찌 된 영문인지 더더욱 갖고 싶어졌다.

이 차갑고도 부드러운 인형을 더 만지고 싶어. 귀여워하고 싶어. 끌어안고 싶어. 진짜 산지로를 손에 넣을 수 없다면, 적어도 그와 똑 닮은 인형 정도는 곁에 두고 싶어.

이제 구미는 거의 제정신이 아니었다. 괴물 공동주택에 온 목적도 잊은 채, 인형을 이곳에서 데려가기로 마음먹었다.

서둘러 옆에 있던 커다란 보자기를 펼치고 그 위에 인형을 눕혔다. 인형은 그 크기에 비하면 상당히 가벼워 대여섯 살 아이만큼의 무게밖에 되지 않았다. 무릎을 접고 몸을 둥글게 말아 주니 딱 보자기에 쌀 수 있을 정도의 크기가 되었다.

구미는 보자기를 짊어지고 밖을 나섰다. 자신이 도둑질을 하고 있다는 건 알았지만, 그만둘 생각은 털끝만치도 없었다.

이건 이미 내 거니까.

다행히 아무도 마주치지 않은 채 구미는 괴물 공동주택 밖으로 나올 수 있었다. 사람들이 왕래하는 큰길을 향해 빠른 걸음으로 나아가 무사히 아이조노야로 돌아왔다.

집안사람들은 아무도 구미의 외출을 눈치채지 못했다. 구미는 시치미를 떼고 얼른 자기 방으로 들어갔다. 구미가 상사병으로 늘 방에만 틀어박혀 있다는 건 집안사람들 모두가 알고 있었다. 구미는 그들에게 한동안 자신의 방에 가까이 오지 말라고도 말해 둔 터였다. 그러니 안심하고 방 안에 인형을 꺼내 둘 수 있다.

구미는 가슴을 쓸어내리며 보자기를 풀었다. 자신이 훔쳐 온 인형을 다시금 찬찬히 살펴보았다. 실로 잘 만들어진 인형이었다. 팔꿈치와 손목, 무릎 등의 관절에 특수한 장치를 해 둔 것인지 인간과 별다를 바 없이 움직일 수 있었다. 인형은 누가 보아도 꼭 사람처럼 느껴졌다.

큰마음 먹고 와락 끌어안아 보니 이 또한 기분이 좋았다. 이 부드러운 느낌에 중독될 것만 같았다. 구미는 황홀한 표정으로 인형의 얼굴을 들여다보았다. 인형의 맑은 눈은 계속 구미를 바라보고 있었다. 진짜 산지로는 결코 주지 않던, 구미를 향한 곧은 시선이었다.

"넌 산지로야. 나만의 산지로. 내일 옷과 가발을 사다 줄게. 뭐든지 해 줄 테니까 계속 내 옆에 있는 거야."

구미는 그렇게 속삭이면서 인형의 입술에 입을 맞췄다.

그날 밤, 구미는 인형과 함께 잠자리에 들었다. 인형의 얼굴을 쓰다듬고 입을 맞추며 혼자서 쿡쿡 웃다가 까무룩 잠들어 버렸다. 그렇게 구미는 아주 오랜만에 밉살스러운 연적도, 무정한 산지로도 나오지 않는 평온한 꿈을 꾸었다. 꿈속에서 구미는 인형과 함께였다. 인형은 웃으면서 구미를 끌어안아 주었다.

나를 사람으로 만들어 줘. 너를 위해서 사람이 되고 싶어.

꿈속에서 인형이 넋을 잃을 듯한 달콤한 목소리로 속삭이자 구미는 고개를 끄덕였다.

꿈에서 깨어나 눈을 떴을 때, 그녀는 인형을 꽉 끌어안고 있었다. 아니, 구미가 인형의 품속에 안겨 있는 모습이었다. 둘은 마주 보고 있었다. 인형의 눈이 구미를 똑바로 바라보고 있었다. 무언가를 호소하는 듯이.

함께 이불 속으로 들어간 탓인지 인형의 차가웠던 피부에 은근한 온기가 감돌았고, 어제보다도 훨씬 촉촉해진 듯한 기분이었다. 구미는 꿈속에서 일어난 일이 마치 현실처럼 느껴졌다.

"너, 사람이 되고 싶은 거지? 나를 위해 사람이 되어 주려는 거지? 그렇다면 내가 어떻게 하면 될까?"

구미는 일어나면서 인형을 다시금 끌어안았다. 그 바람에 달그락, 하고 인형의 목이 기울어졌다. 그 순간 구미의 머릿속에 어떤 생각이 번개처럼 번쩍였다. 그건 구미 스스로가 떠올린 것이 아니라 마치 누군가가 전해 준 것만 같았다.

아아, 그래. 인형이야. 인형이 내게 자신의 마음을 전해 준 거야.

"……그래, 알겠어. 해 볼게."

구미는 고개를 끄덕였다.

그날 이후, 구미는 이따금씩 집 밖으로 나가서는 여러 가지 것들을 사서 돌아왔다. 그 이외에는 항상 자기 방에 틀어박혀 있었다. 식사도 방 앞에 가져다 두도록 했다.

그렇게 제멋대로 행동해도 식구들은 아무 말도 하지 않았다. 그래도 가끔씩은 밖에 나가기도 하니 마음이 개운해질 때까지는 구미가 하고 싶은 대로 하게 놔두자. 귀여운 외동딸에게는 식구들 모두가 같은 마음이었다.

그렇게 누구의 눈길도 닿지 않는 방 안에서 구미는 오롯이 인형놀이에 열중할 수 있었다. 이제 구미에게 인형은 남편이나 다름없었다. 끊임없이 말을 걸고, 응석을 부리고, 끌어안았다. 옷을 갈아입히고, 함께 식사를 하는 흉내를 냈다. 매일 밤 같이 꼭 껴안고 잠에 들었다.

그 덕분인지 인형은 하루가 다르게 인간다워졌다. 피부에는 윤기가 흐르고 눈은 생기 있게 빛났으며, 기분 탓일지도 모르지만 구미가 안을 때 마주 안아 주는 것 같기도 했다. 인형은 구미의 마음속으로 자신의 바라는 바를 전해 주었다. 구미는 자신의 머릿속에 떠오르는 번뜩이는 생각을 인형의 바람으로 받아들이게 되었다.

인형의 요구는 끊이지 않았다.

이게 갖고 싶어. 저렇게 해 줘.

요구의 수준은 점점 높아졌지만 그걸 해내면 구미는 기뻤다. 이제 곧 인형이 목소리를 낼 수 있게 될지도 몰랐다. 아니면 몸을 움직이는 게 먼저일까.

"당신, 이제 얼마 안 남았구나. 사람이 될 수 있는 날 말이야. ……그래, 알아. 고양이 머리와 간 말이지? 확실하게 가져올게. 근처에 돌아다니는 길고양이를 노리면 되니까 괜찮아. ……우후후, 당신이 그렇게 말해 주는 게 가장 기뻐."

그렇게 말을 걸면서 구미는 인형의 가슴에 살짝 머리를 기댔다. 이제는 그렇게나 미워하던 요네도, 사랑했던 산지로도 더 이상 떠오르지 않았다. 구미의 온 머리와 마음은 이 사랑스러운 인형으로 가득 차 있었다.

행복해서, 그리고 더더욱 인형에게 사랑받고 싶어서 구미는 밤이면 밤마다 인형의 부탁을 들어주기 위해 집을 빠져

나갔다. 하지만 그 사실을 눈치챈 사람은 아무도 없었다. 그러다 보니 어느새 설 연휴도 끝나 있었다. 어느 날 구미는 문득 중얼거렸다.

"저기, 당신 말이야. 계속 얼마 안 남았다고만 그러는데 정말 언제쯤 움직일 수 있는 거야? 아니, 그렇다고 재촉하는 건 아냐. 난 그저 당신에 대해 부모님께도 슬슬 말씀드리고 싶어서. 이 사람이 내 서방님이라고. ……아아, 그랬구나. 그렇지. 중요한 일을 잊고 있었으니 움직이고 싶어도 그럴 수 없겠지. 미안해. 바로 갔다 올게. 확실하게 가져올 테니까 걱정하지 마."

구미는 인형을 향해 빙긋 웃고는 훌쩍 일어섰다.

한편, 햐쿠는 빠른 걸음으로 실을 쫓고 있었다. 끊어지지 않고 앞쪽으로 길게 뻗어 있는 노란색 실. 그걸 놓치지 않기 위해 햐쿠는 왼쪽 눈을 계속 드러낸 채 걸어가야 했다.

푸른 눈동자가 눈에 띄지 않도록 두건을 깊이 눌러쓴 채 말없이 걷는 햐쿠. 그 뒤를 따르는 인형사 사콘지와 너구리 요괴 고게차마루 또한 말이 없었다.

갑자기 햐쿠가 신음 소리를 내자 사콘지가 조용히 물었다.

"……왜 그래, 햐쿠? 이제 곧 도착할 것 같아?"

"그건 몰라. 그냥…… 큰일이야. 실이 빨갛게 변하고 있어."

"……그게 무슨 뜻이지?"

"살의야. 이제 곧 누군가가 피를 흘리게 된다는 뜻이지."

햐쿠의 왼쪽 눈에 비친 실은 이미 새빨간 색으로 물들어 끈적끈적하고 빨간 물방울을 떨어뜨리기 시작했다. 독살스러운 색이었고 끈적거리는 느낌 역시 불길했다. 좋지 않은 일이 일어나려 하고 있었다. 그것을 막기에는 어쩌면 이미 늦었을지도 몰랐다.

그렇게 생각한 햐쿠는 결국 달리기 시작했다. 이윽고 실 끝에 한 젊은 아가씨가 있는 것을 발견했다. 실은 빨려 들어가듯 그 아가씨의 가슴팍으로 이어져 있었다.

"찾았다! 저 아가씨야!"

거친 숨을 내쉬며 햐쿠가 작은 소리로 말했다. 세 사람은 달리기를 멈추고 천천히 그 아가씨의 곁으로 다가가려고 했다. 그렇게 서서히 아가씨와의 거리를 좁히며 햐쿠가 사콘지에게 속삭였다.

"아무래도 인형은 가지고 있지 않은 모양이군."

"……그러네. 아마 어딘가에 숨겨 뒀겠지."

"어쩔 거야?"

"……인적이 없는 곳에서 골목길로 끌어들여야겠어. 손가락을 하나씩 꺾으면 금세 인형이 있는 곳을 털어놓겠지."

"거친 행동은 좋지 않아. 자칫하면 핫초보리³로 끌려갈 수도 있다고."

"상관없어. ……내 인형을 훔치다니 용서할 수 없어!"

사콘지의 가느다란 눈이 이글이글 타올랐다. 고게차마루는 겁을 먹은 듯 사콘지에게서 떨어져 햐쿠 쪽으로 다가가려고 했다. 그 순간, 고게차마루의 표정이 미묘하게 변했다.

"어라? 앗, 잠깐만요, 햐쿠 씨."

"뭐야? 시끄럽게."

"저, 저 아가씨한테 피비린내가 나요."

"피? 월경이라도 하는 거 아냐?"

"아, 아니에요. 그런 냄새가 아니에요. 오래된 피가 몇 번이나 겹쳐진 듯한 냄새예요. 게다가…… 철 냄새도 나요. 아무래도 칼을 갖고 있는 것 같아요."

"칼?"

햐쿠는 앞으로 걸어가는 그 아가씨를 빤히 바라보았다. 조금 전 살짝 엿본 바로는 꽤 어여쁜 아가씨였다. 옷차림도 깔끔했다. 도저히 칼 같은 무시무시한 물건을 가지고 있을 것처럼 보이지는 않았다. 하지만 고게차마루가 거짓말을 하는 거라고도 생각할 수 없었기에 일단 명심해 두기로 했다.

---

3. 에도시대에 주로 경찰과 같은 업무를 담당하던 요리키와 도신의 근무지를 이르는 말

그때 아가씨가 갑자기 옆길로 슥 들어가더니, 그대로 멈춰 서서 무언가를 엿보기 시작했다. 아가씨의 시선 끝에는 젊은 남자가 있었다. 뭇 여자들의 마음을 여럿 훔칠 법한 미남이었다. 하지만 남자를 바라보는 아가씨의 눈에 사랑의 빛은 담겨 있지 않았다.

그때 아가씨의 몸 전체에서 파르스름하게 번쩍이는 불꽃이 피어오르기 시작했다. 강한 살의와 욕망의 불꽃이었다. 아가씨의 손이 천천히 자신의 가슴팍으로 향하자 햐쿠는 즉시 사콘지를 돌아보았다.

"사콘지, 저 아가씨를 기절시켜!"

사콘지는 주저 없이 아가씨에게 돌진했다. 아가씨는 자신에게 다가오는 그림자가 누구인지도 모른 채 명치에 일격을 당하고는 그 자리에 쓰러졌다.

햐쿠는 아가씨의 상태를 살피는 척하면서 가슴팍을 뒤졌다. 과연 품 안에는 작은 식칼이 들어 있었다. 이것으로 사람을 죽이려고 한 것이다. 햐쿠는 한숨을 쉬며 사콘지를 바라보았다.

"지금 이 아가씨의 집으로 갈 거야. 어서 아가씨를 업어."

"……싫어."

"뭐?"

"……내가 왜 도둑을 업어야 하는데? 절대 싫어."

"내가 보기에, 네 인형은 이 아가씨의 집에 있어. 이 아가씨를 데려가면 순순히 집 안으로 들어가서 인형을 돌려받을 수 있을지도 모르는데 말이지."

"……알겠어."

사콘지는 내키지 않는 표정으로 아가씨를 들쳐 업었다.

그렇게 아가씨의 흔적을 쫓아가던 햐쿠 일행은 얼마 후 아가씨의 집에 도착했다. 아가씨의 집은 꽤 큰 규모의 염색 도매상이었다. 햐쿠의 짐작대로 "실례합니다."라고 말하며 아가씨를 업은 채 가게 문턱을 넘자마자 가게 안에서는 큰 소동이 일어났다.

"구미!"

"앗, 아가씨! 아아, 큰일 났네!"

"이, 이게 대체, 무슨 일입니까? 무슨 일이 있었던 거죠?"

당황하며 허둥대는 가게 사람들에게 햐쿠는 술술 거짓말을 늘어놓았다.

"그게 말이죠, 저희가 길을 걷고 있었는데 앞에서 걸어가던 이 아가씨가 갑자기 쓰러졌지 뭐예요. 그대로 내버려 둘 수도 없는 노릇이고. 사람들에게 물어물어 겨우 집을 찾아 여기까지 데려온 거랍니다."

안대로 왼쪽 눈을 가린 채 시원시원하게 말하는 햐쿠를 의심하는 자는 없었다. 특히 주인 부부는 깊이 감사를 표했다.

"아아, 그랬군요. 이거 참, 정말 감사합니다. 아, 잠깐 안으로 드시죠. 이대로 돌아가시게 할 수는 없으니까요."

"여보, 구미는 일단 우리 방에 눕혀요."

"그래, 그게 좋겠군. 구미는 당신에게 부탁하지. 자, 어서 안쪽으로 드시죠."

이렇게 햐쿠 일행은 가게 안쪽의 손님방으로 안내되었다. 주인은 "잠시만 기다리십시오."라는 말을 남기고 일단 방을 나갔다. 금일봉을 기대할 수 있을지도 모르겠다며 햐쿠는 입맛을 다셨다. 사콘지는 언짢다는 듯이 그런 햐쿠의 소매를 잡아당기며 속삭였다.

"……인형은? 어디 있어?"

"쉿! 잠깐 기다려. 답례를 받을 수 있을지도 모르니까."

"……그런 건 어찌 되든 상관없어. 내 인형은?"

"아유, 정말!"

햐쿠는 이를 갈며 안대를 살짝 풀고는 집 안을 스윽 둘러보았다. 거무스름해진 핏자국이 바닥에 점점이 남아 있었다. 핏자국에서는 쥐와 고양이의 울음소리가 연기처럼 피어올랐다.

햐쿠는 얼굴을 찌푸린 채 고게차마루에게 말했다.

"고게차마루, 너는 좋은 코를 가졌으니까 쥐나 고양이의 피 냄새도 맡을 수 있지?"

"아, 그럼요."

"그럼 이 벽창호 같은 작자를 좀 데리고 피 냄새를 따라가 봐. 냄새가 강한 쪽에 아마 인형이 있을 거야."

"아, 알겠어요."

"들었지? 사콘지, 넌 이 아이를 따라가. 다른 사람한테 들키지 말고."

"……알겠어. 조심하지."

고게차마루와 사콘지는 슬쩍 방을 빠져나갔다. 그리고 잠시 후, 작은 비단보 꾸러미를 손에 든 주인이 돌아왔다.

"어, 일행 분은…?"

"아, 죄송합니다. 둘 다 변소에 가고 싶다고 성화를 부려서요. 금방 돌아올 거예요. ……아가씨의 상태는 어떤가요?"

"네, 아직 깨어나지 않아서 일단 의사를 부르기로 했습니다. 하지만 딸이 저렇게 무사한 것은 모두 당신들 덕분입니다. 이건 약소하지만 저희의 마음이니 부디 받아 주십시오."

"그렇게 말씀하시니 감사히 받겠습니다."

햐쿠는 주인이 내민 꾸러미를 사양 않고 받았다. 꾸러미를 챙겨 넣은 햐쿠는 주인의 얼굴을 빤히 보았다. 그 눈길에서 뭔가 범상치 않음을 느꼈는지, 주인의 눈동자가 불안하게 흔들렸다.

"저, 혹시…… 무슨?"

"아가씨에 관한 일입니다만…… 아직 말씀드리지 않은 것이 있어요."

"구미에 관한 일이요?"

"네. 사실 길을 걷고 있던 아가씨가 갑자기 쓰러졌다는 건 거짓말입니다. 아가씨는 골목길에 숨어 있었어요. 이런 것을 손에 쥐고서요."

햐쿠는 품속에서 식칼을 꺼내어 주인 앞에 내밀었다. 주인은 얼굴이 하얗게 질린 채 고개를 저었다.

"설마…… 우리 딸이 칼을 가지고 나가다니 이, 있을 수 없는 일입니다. 구미는 착한 아이예요. 벌레 한 마리 못 죽이는 아이라고요."

"과연 그럴까요? 저는 그때 아가씨의 얼굴을 봤어요. 무시무시한 눈빛으로 웬 젊은 남자를 빤히 노려보고 있었죠."

"저, 젊은 남자?"

"네, 아주 잘생긴 남자였죠. 그 사람을 노려보던 아가씨는…… 당장이라도 그자를 죽이러 달려갈 것만 같았어요. 하지만 너무 흥분한 탓인지, 갑자기 눈을 뒤집더니 쓰러져버렸지 뭡니까."

"……."

"아아, 참고로 그 남자가 있던 곳은 사쿠라야라는 잡화점이었습니다. 비녀를 납품하러 온 비녀 장인 같던데요."

뭔가 짚이는 점이 있었는지, 햐쿠의 말이 끝나자마자 주인의 얼굴이 단박에 굳어졌다. 그런 주인을 다그치듯 햐쿠가 말했다.

"쓸데없는 참견인지도 모르지만, 모두들 아가씨에게서 한동안 눈을 떼지 않는 게 좋겠습니다. 자칫하다가는 사람을 다치게 할지도 모르니까요."

그때였다. 꺄아아악, 하고 요란한 비명이 들려왔다.

"무, 무슨 일이야? 구미?"

놀라서 허둥대는 주인을 남겨 두고, 햐쿠는 즉시 방에서 나와 비명이 들려온 쪽으로 달려갔다. 그곳은 구미가 누워 있는 안쪽 방이었다.

구미는 충혈된 눈으로 자신의 허리를 잡고 매달리는 어머니를 떼어 놓으려고 안간힘을 쓰고 있었다. 햐쿠의 뒤를 따라 달려온 주인을 향해 부인이 외쳤다.

"여보, 좀 말려 봐요! 구미를 말려요! 이 아이가 글쎄, 산지로 씨를 죽이러 가겠다고……!"

"뭐라고? 구미! 제, 제정신이냐! 정신 차리거라!"

"시끄러워! 놔! 이거 놓으라고!"

구미는 달려든 아버지의 얼굴을 할퀴며 절규했다.

"놓으라니까! 우리 그이를 위해서는 그 녀석의 얼굴과 머리카락이 필요하단 말이야! 얼굴과 머리카락을 벗겨서 씌우면 돼! 그러면 그 사람은 진짜가 될 거야! 진짜 내 남편이 된다고!"

"구미! 그, 그게 대체 무슨 소리니! 아무튼 이러면 안 된다!"

"방해하지 말라니까! 엄마, 아빠는 내가 행복하지길 바라지 않는 거야? 이제 얼마 안 남았어! 조금만 있으면 그 사람은 진짜 사람이 돼서 나랑 부부가 될 수 있다니까!"

주인 부부는 구미가 도대체 무슨 말을 하는 건지 갈피를 잡을 수 없었다. 하지만 사정을 아는 햐쿠는 구미의 행동을 이해할 수 있었다. 역시 이 아가씨가 사콘지의 인형을 훔친 것이다.

햐쿠는 한숨을 쉰 다음 구미에게 다가가 따귀를 날렸다. 짝, 하는 시원스러운 소리에 한순간 구미는 멍한 표정을 지었다. 그 틈을 노려 햐쿠가 호통을 쳤다.

"적당히 해! 이제 그만 눈을 떠! 네가 아무리 지극정성으로 보살펴 봤자 인형은 인형일 뿐이야! 사람의 가죽을 벗겨서 씌운다 해도 인간 따위는 될 수 없다고!"

"그, 그렇지 않아! 그 사람은 이제 말도 아주 많이 하게 됐는걸! 내가 쥐랑 고양이 피를 잔뜩 가져다줬으니까. 난 그 사람의 부탁이라면 뭐든지 다 들어줄 거야."

"인형이 부탁을 했다고? 네게? 그거야 네 착각이겠지. 너는 스스로 떠올린 생각을 인형이 말한 거라고 착각했을 뿐이야."

"아, 아니야! 아니야, 아니라고! 당신 누구야! 나가! 내 앞에서 사라져!"

분노에 제정신을 잃은 구미가 햐쿠에게 달려들었다. 몇 대 더 때려 줄까 싶어 햐쿠가 주먹을 쥐었을 때였다. 갑자기 사콘지가 나타났다. 그의 양팔에는 소름 끼칠 정도로 잘 만들어진 남자 인형이 안겨 있었다.

"다, 당신……!"

구미가 비명을 질렀다.

"안 돼! 만지지 마! 그건 내 거야! 나만의 것이라고! 그 더러운 손으로 만지지 마!"

"더러운 건 너야."

뜻밖에도 인형이 또렷하게 말했다. 놀라서 눈을 동그랗게 뜬 구미를 앞에 두고 인형은 지긋지긋하다는 듯 얼굴을 돌렸다.

"나는 신에게 바쳐질 공물이 될 몸이었는데. 누구보다도 깨끗해야 할 몸을 네가 더럽혔어. 네 맘대로 희롱하고 괴롭히고……. 그 굴욕감을 잊을 수가 없어. 어떻게 그런 짓을……."

"그럴 수가……. 저, 전부 다 당신이 말한 거잖아. 그렇게 해 달라고 당신이……."

"난 한마디도 하지 않았어. 네가 멋대로 그렇게 생각했을 뿐이야. 정말 추악하고 상스러워. 더럽고 추잡해! 네 얼굴은 두 번 다시 보고 싶지 않아! 사콘지, 나를 여기서 데리고 나가 줘. 지금 당장."

"……분부대로 하지."

사콘지는 시종처럼 공손하게 인형을 안아 들고 방에서 나갔다. 고게차마루와 햐쿠도 그 뒤를 따랐다. 더 이상 그곳에 있을 필요가 없다고 판단했기 때문이었다.

가게를 나서기 전, 햐쿠는 뒤를 힐끗 돌아보았다. 구미는 방 안에 그대로 서 있었다. 부모에게 양팔을 붙들린 채였지만 더 이상 날뛰지는 않았다. 멍하니 벌린 입에서는 침이 흘러내렸고 두 눈은 공허해 보였다.

"사콘지의 인형은 지나치게 잘 만들어졌어."

괴물 공동주택으로 돌아온 뒤, 햐쿠가 고게차마루에게 알려 주었다.

"애초에 인형이란 게 사람의 대역을 할 수 있는 형태잖아? 그만큼 염원도 깃들기 쉬워. 그런데 사콘지의 인형은 그보다 한 차원 위에 있지."

보다 인간과 비슷하고, 보다 인간과 가까운 것. 사콘지의 인형은 아이를 잃은 부부를 달래 주기도 하고, 사나운 신에게 인신공양 대신 바쳐지기도 한다.

하지만 그러려면 제대로 된 순서를 밟아야만 한다. 창조자인 사콘지가 이름과 역할을 부여해 준 뒤에야 인형은 생명을 부여받고 이 세상에 태어나는 것이다. 그때까지는 제아무리 사람과 비슷한 모습을 하고 있더라도 속은 텅 비고 때로는 위험하기까지 한 대용품일 뿐이다. 이름 없는 인형은 사람의 마음을 갉아먹기 때문이다.

"마, 마음을 갉아먹는다고요?"

"그래, 특히 한 가지 집념에 사로잡힌 인간에게는 더욱 위험해. 사랑이나 증오 같은 감정 말이야. 그런 마음에 지배당한 자에게는 인형이 둘도 없는 존재처럼 여겨지는 모양이야. 이 인형은 살아 있고, 인형을 완전한 인간으로 만들기 위해서 뭐든 해 주어야만 한다는 마음이 든다고 해. 인형을 위해서라고 하지만 실제로는 자신의 비뚤어진 감정을 발산시키기 위한 하나의 도구에 불과한 거지."

참으로 불행한 이야기라며 햐쿠는 쓴웃음을 지었다.

"그 구미라는 아가씨의 마음속에는 원래부터 잔학한 면이 숨어 있었던 것일지도 몰라. 지금까지는 그 마음을 억누를 수 있었지만 인형을 얻으면서 단번에 싹터 버린 거겠지. 쥐나 고양이를 죽이고 피를 짜낸 것도 그런 짓을 저질러 보고 싶다는 생각이 이미 마음속 깊은 곳에 자리 잡고 있었기 때문일 거야."

"……무서워요."

"그래, 맞아. 하지만 그게 그 아가씨의 본성이야. 그리고 이제는 그 사실을 스스로도 깨닫고 말았지. ……그 아가씨는 이제 제정신으로 돌아가지 못할지도 몰라. 껍데기 속에 틀어박혀 있으면 추악한 자신의 본성과 마주하지 않아도 될 테니까."

"……불쌍하네요."

"흥, 착해 빠져 가지고는."

햐쿠를 구미가 안타깝다는 듯이 말하는 고게차마루를 코웃음 치며 비웃었다.

"그렇게 따지면 그 아가씨에게 죽임을 당한 짐승들이 더 불쌍하지. 그냥 내버려 뒀다면 아마 그 아가씨는 더 나아가 사람까지도 죽였을 거야. 처음에는 자기 마음대로 되지 않는 사랑하던 남자를 죽이고, 그다음에는 연적을 죽이고, 끝내는 자신을 귀찮게 구는 부모님마저 죽이는 식으로 말이지."

"서, 설마 그렇게까지……. 그건 그렇고, 사콘지 씨가 인형을 조종하는 솜씨는 정말 굉장했어요. 목소리까지 다른 사람처럼 바꾸다니. 저, 정말로 인형이 살아서 말하는 줄 착각할 뻔했잖아요."

"……너, 설마 사콘지가 그걸 조종했다고 생각한 거야?"

"네? 그럼 아니라는 말이에요? 그, 그렇다면……."

"흐음, 뭐든 상관없지만. 너, 가능하면 사콘지의 집에는 가까이 가지 마. 이 세상에는 몰라도 되는 일들이 수도 없이 많으니까. 아아, 피곤하다. 빨리 밥이나 줘. 아주 상다리가 부러지게 차려 줘야 해. 그 염색상에게 다섯 냥, 사콘지에게는 세 냥이나 받았으니까 하루 벌이치고는 훌륭하지? 아, 잊지 말고 술도 데워 놔. 세 병. 아니, 오늘은 네 병쯤 마셔도 되겠는걸."

얼굴이 창백해진 고게차마루는 신경도 쓰지 않은 채, 햐쿠는 속사포처럼 떠들어 댔다.

2

이 월도 어느덧 반이나 지난 어느 저녁 무렵, 훌쩍 외출했던 햐쿠가 괴물 공동주택으로 돌아왔다.

"으으, 춥다, 추워. 고게차마루, 차 좀 내와! 따뜻하게 끓여서 줘야 돼!"

"저기, 햐쿠 씨. 다녀왔다는 인사라도 좀 하면 안 돼요?"

"차 달라고, 차! 그리고 다녀왔어!"

"아휴, 정말!"

기가 막히지만 어쩔 수 없다는 듯 고게차마루는 물을 끓이기 시작했다. 그때 햐쿠가 바닥에 털썩 던져 놓는 것을 본 고게차마루의 둥근 얼굴에 엄한 표정이 떠올랐다.

"또 가와라반⁴을 사 오다니. 돈 낭비예요!"

"뭐 어때. 여기에 재미난 이야기가 얼마나 많은데. 너도 읽어 보면 좋을 텐데 말이지."

"절대 싫어요. 햐쿠 씨가 사 오는 건 귀신이나 원령처럼 질척거리고 무서운 이야기뿐이잖아요."

"……너, 네가 너구리 요괴라는 걸 잊은 건 아니지?"

"무, 무서운 건 무서운 거예요. 그리고 한 번 더 말해 두겠는데, 저 같은 것보다 여기 사는 사람들이 훨씬 더 요괴스럽다고요."

"흥, 반박하기 어려운 말을 대놓고 하네. 정말 한마디를 안 진다니까."

햐쿠는 투덜거리면서 고타쓰에 뛰어든 다음, 즉시 가와라반을 읽기 시작했다. 그러고는 금세 히죽거리기 시작했다. 이해할 수 없다는 듯 고게차마루는 어깨를 으쓱했다.

"한겨울에 그런 괴담을 읽는 게 그렇게 재미있어요?"

"응. 이 피투성이 여자 유령 좀 봐. 엄청나잖아!"

"으악, 보, 보여 주지 마세요, 그런 거! 기분 나쁘다니까요!"

"으헤헤헷!"

고게차마루를 놀리는 재미에 푹 빠진 햐쿠는 고게차마루

---

4. 에도시대에 뉴스나 서민의 관심사를 다루었던 정보지

가 끓여다 준 차를 홀짝였다. 그러나 곧 여유롭게 차를 마시던 햐쿠의 얼굴이 딱딱하게 굳어 버렸다.

"고게차마루…… 너, 머리 없는 도깨비라는 거 알아?"

"머리 없는 도깨비요? 네, 요괴 중에 있어요."

"흐음. ……그럼 이건 그 녀석의 짓이려나."

"네?"

어디 어디, 하고 무심코 햐쿠가 들고 있는 것을 들여다본 고게차마루는 뒤로 발라당 자빠지고 말았다.

"히이이익! 머리통이 잘리다니! 피가 이렇게나 많이……!"

"그림을 보고 까무러치면 어쩌자는 거야, 멍청아!"

"햐쿠 씨야말로, 어, 어째서 그렇게 아무렇지도 않게 볼 수 있는 건데요!"

"시끄럽네. 아무튼 들어 봐. 아사쿠사 근처에서 잇따라 살인 사건이 일어나고 있대. 그것도 보통 살인이 아니야. 목을 댕강 잘라서 가져간다나 봐."

"히이이익……."

"그런데 그저께 밤, 세 번째 살인이 일어났대. 그때 범인을 본 사람이 있나 봐. 그 사람 말에 따르면 범인은 무시무시하게 덩치가 크고, 손에 검을 들고 있고, 머리가 없었대. 죽인 사람의 머리를 들고 어둠 속으로 사라졌다고 해. 그래서 항간에는 머리 없는 도깨비의 짓이라고들 하나 봐."

햐쿠의 말에 고게차마루는 어리둥절한 표정이 되었다.

"왜 그렇게 생각하는 건데요?"

"왜냐니…… 그야, 머리가 없는 녀석이 머리를 잘라서 들고 사라지니까 그렇지. 자기 몸에 맞는 머리를 찾고 있는 거 아닐까?"

"……햐쿠 씨, 그거 좀 이상한데요."

고게차마루는 목소리를 깔며 조심스럽게 말했다.

"머리 없는 도깨비는 확실히 있어요. 머리도 목도 없는 녀석이죠. 하지만 그들은 인간의 머리 같은 건 원하지 않아요."

"그래?"

"네, 그 녀석들이 좋아하는 건 살점이 완전히 떨어져 나간 깨끗한 해골이에요. 그걸 모아다가 달빛 아래에서 잘 다듬는 것이 머리 없는 도깨비의 즐거움이죠. 오래된 무덤을 파헤쳐서 해골을 가져가는 일은 있어도 직접 사람을 죽이면서까지 머리를 모으다니. 그런 짓은 절대 안 할 걸요."

"그럼 여기 그려져 있는 머리 없는 도깨비 그림도 가짜라는 거야?"

"으악, 갑자기 보여 주지 좀 마세요!"

"얼른 똑바로 봐 봐. 이거야, 이거."

고게차마루는 마지못해 가늘게 뜬 눈으로 머리 없는 도깨비의 그림을 보았다. 도롱이를 걸친 도깨비가 근육이 울퉁

불퉁 불거진 팔로 검을 든 채 땅에 떨어진 피투성이 머리를 주워 올리고 있는 장면이었다. 도깨비는 확실히 머리가 없었다.

획 눈길을 피한 고게차마루가 단호하게 말했다.

"그건 머리 없는 도깨비가 아니에요. 적어도 제가 아는 머리 없는 도깨비는 아니라고요."

"그럼 신참 도깨비인가? 흐음, 어쨌든 셋이나 죽임을 당했어. 핫초보리 녀석들도 있는 힘껏 범인을 찾고 있다고는 하는데, 과연 그 녀석들이 감당할 수 있을까. ······어쩌면 가까운 시일 내에 그 녀석이 올지도 모르겠군."

"그 녀석이라니, 누구요?"

"응? 뭐, 됐어. 그보다, 슬슬 밥 좀 차려 주지? 이제 해도 졌고 배고파."

"······이런 걸 보고서도 밥이 넘어가나 봐요. 저는 식욕이 싹 사라져 버렸는데."

"흥. 네 연약한 위장과 비교하지 말아 줄래? 됐으니까 밥! 밥, 밥!"

"아휴, 정말!"

기가 막혀 고개를 내젓던 고게차마루가 된장국을 준비하기 시작했을 때였다. 똑똑, 하고 문을 두드리는 소리가 났다. 햐쿠와 고게차마루가 동시에 얼굴을 마주 보았다.

"돈줄이다!"

"손님이겠죠!"

단숨에 두 사람의 표정에 활기가 돌았다. 하지만 그들을 찾아온 것은 생각지도 못한 손님이었다.

유키히라 다리는 평소 사람의 왕래가 거의 없는 작은 다리다. 하지만 그날 유키히라 다리의 양 끝에는 사람들이 개미처럼 바글바글 모여 있었다. 모두의 시선이 쏠리는 가운데 도신[5] 이와타 긴고는 다리 한가운데로 나아가더니 몸을 숙였다.

그곳에는 커다란 멍석이 깔려 있었다. 하지만 멍석으로도 그 아래에 퍼진 적갈색 피 웅덩이는 감춰지지 않았다. 긴고는 주위에 모여든 동료들의 수를 가늠한 뒤 함께 멍석을 걷었다.

이윽고 시체가 드러나자 도신들은 숨을 멈췄다. 모두 다 몸이 굳어져 움직이지 못하는 가운데, 긴고는 목을 더욱 길게 빼고 시체를 찬찬히 들여다보았다.

"이것 참, 엄청나군."

머리가 사라진 남자의 몸을 살펴보며 긴고는 감탄하듯 중

---

5. 에도시대에 경비 업무를 담당하던 하급 관리

얼거렸다.

"단칼에 깔끔하게 목을 잘랐어. 망설임은 전혀 없었나 보군. ……힘이 무척 세고 게다가 솜씨도 좋아."

"이와타 씨, 그렇게 감탄하고 있을 때가 아니에요. ……또 뭔가 알아낸 것은 없어요?"

"어디 보자, 아무튼 일격이야. 살해당한 쪽은 고통도 느끼지 못했을 거야. 아니, 자신이 죽는 것조차 깨닫지 못했겠지. 기습당한 거야. 손바닥이나 팔에 저항한 흔적이 전혀 없는 걸 보니 증언대로군. ……아주 깔끔해."

긴고는 자신의 두 눈에 시체의 모습을 또렷하게 새긴 뒤, 천천히 일어섰다. 커다란 몸이 하늘을 향해 쑥 솟아올랐다. '이와타(岩田)'라는 이름에 걸맞게 바위처럼 투박하고 몸집이 큰 남자, 긴고. 우락부락한 외모를 가진 탓에 여자로부터 관심이란 것을 받아 본 적이 없어 지금껏 독신으로 살고 있는 서른 살의 남자였다.

하지만 어찌 된 일인지 동물과 아이들은 그를 무척 좋아한다. 특히 고양이에게 무척 인기가 많아서 길을 걷기만 해도 길고양이들이 기쁜 듯이 다가온다. 덕분에 이 근방에서는 '개다래나무 긴고'라고 불리고 있었다.

그러나 우락부락한 생김새나 귀여운 별명도 이와타 긴고의 본질은 아니었다. 냉정하면서도 유연한 사고를 할 수 있다는 점이 이 남자의 가장 큰 강점이었다.

긴고는 부하인 고헤이에게 말을 걸었다.

"그래서, 신원은 확인했나?"

"네, 등에 눈에 띄는 문신이 있어서 머리가 없어도 비교적 쉽게 알 수 있었습니다. 이 근처에 사는 뱃사공 다이스케라는 자입니다. 나이는 스물다섯. 어제 여자를 만나러 간다고 밤에 나간 뒤로 돌아오지 않았답니다."

"그렇군. ……지난번의 두 건도 비슷한 나이대의 남자들이었지. 머리 없는 도깨비라는 놈은 젊은 남자의 머리를 좋아하는 모양이군. 어이, 신노스케. 너도 당하지 않도록 조심하라고."

긴고는 농담으로 한 말이었지만 그 말을 들은 신노스케를 비롯한 다른 도신들은 결코 웃을 수 없었다. 딱딱하게 굳은 얼굴들을 보고 있자니, 문득 참극을 목격했다는 한 남자의 증언이 긴고의 머릿속에서 되살아났다.

"그건, 인간이 아니야! 인간이 아니었다고! 맹세컨대 정말이야! 거대한 몸 위에 머리가 없었어. 갑자기 어둠 속에서 튀어나와서는 그 불쌍한 젊은이의 머리를 검으로 베어 버렸지. 그러고는 그 머리를 들고 엄청난 기세로 도망치더군. 아아, 젠장! 나는 왜 그런 끔찍한 걸 보고 만 거야!"

혼란과 공포에 휩싸여 훌쩍이는 남자는 거짓말을 하는 것 같지 않았다. 적어도 도깨비라고 여길 만한 것을 본 것만은 확실했다.

하지만 긴고는 큰 목소리로 말했다.

"바보 같긴. 이 세상에 도깨비가 어디 있다고. 웬 악당이 도롱이를 머리에 뒤집어쓰고 머리 없는 도깨비인 척하면서 목을 베고 다니는 거겠지. 건방진 놈. 반드시 붙잡고 말겠어. 자, 다들 탐문을 시작하도록. 수상한 자를 본 사람들이 또 있을지 모르니까."

긴고의 말에 도신들은 각자 흩어졌다. 그러나 모두의 얼굴에는 공포가 서려 있었다. 도깨비 따위는 있을 리 없다고 생각하면서도 마음속 어딘가에서는 '정말로 그런 도깨비가 있으면 어쩌지.'라며 겁을 먹고 있었다.

긴고 역시 두려운 것은 마찬가지였다. 무엇보다 그는 분명히 알고 있었다. 어둠 속에 도사린 그 무엇, 사람과는 다른 것이 확실하게 존재한다는 사실을.

그리고 또 하나, 긴고의 감이 그 자신에게 확실하게 알려 주고 있었다. 이건 보통 살인이 아니었다. 원한을 가진 낌새나 검을 시험해 보고 싶어 하는 멍청한 사무라이의 잔혹함도 없었다. 그보다 한층 더 깊고 불길한 어둠이 느껴졌다.

이런 사건이 세 건이나 연달아 발생하니 께름칙한 기분을 도저히 지울 수가 없었다. 게다가 범인의 정체는커녕 잘린 머리조차 발견되지 않았다. 게다가 아직 살해 동기조차 알아내지 못했다는 사실이 긴고를 더욱 초조하게 만들었다. 그럼에도 며칠간은 꾸준히 탐문을 계속하면서 단서를 찾아 헤맸다. 하지만 역시 아무것도 발견할 수 없었다.

"하는 수 없지. ……그 녀석의 힘을 빌릴 수밖에."

결국 마음을 굳힌 긴고는 유키히라 다리 사건이 일어난 지 나흘째 되던 날 오후, 괴물 공동주택으로 향했다. 그의 발길이 멈춘 곳은 분실물 가게, 햐쿠의 집 앞이었다.

"실례하네, 햐쿠."

문을 열고 안으로 들어간 순간, 긴고는 '어라?' 하는 생각 이 들었다. 지금까지 몇 번인가 온 적이 있지만 그때마다 햐 쿠의 방은 늘 더러웠고 바닥에는 쓰레기가 너저분하게 널 려 있었으며 공기도 탁했다.

그런데 오늘은 달랐다. 바닥은 깨끗했고 물건도 잘 정리 되어 있었고 나쁜 냄새도 나지 않았다. 변함없는 것은 햐쿠 의 퉁명스러운 태도와 목소리뿐이었다.

"아아, 뭐야. 핫초보리의 바위 형씨였네."

애교라고는 털끝만치도 없는 말투에 긴고는 쓴웃음을 지 었다. 항상 이렇다. 나름 괜찮은 여자라고 생각했지만 이 쌀 쌀맞은 성격과 거침없는 말투는 늘 마뜩잖았다.

"이봐, 오랜만에 만나는 건데 조금은 따뜻하게 말을 건네도 되지 않나?"

"흥, 당신은 늘 변변찮은 일만 가져오잖아. 게다가 돈에도 항상 인색하고 말이야."

"어쩔 수 없잖아. 봉행소⁶는 이래저래 돈 나갈 곳이 많은걸."

"그럼 돈 많아 보이는 악덕 상인들한테 지금 들고 있는 그 몽둥이를 슬쩍 보여 주면서 공갈이라도 하지 그래."

"……나한테 대놓고 그런 말을 하는 건 자네밖에 없어. ……응?"

그때 긴고는 안쪽에 있던 다른 한 명을 발견했다. 까무잡잡한 피부의 오동통한 남자아이였다. 아이는 동그란 눈을 크게 뜨고 긴고를 바라보고 있었다.

"햐쿠…… 자네, 그새 아이를 낳은 거야?"

그 순간 사나운 목소리가 울려 퍼졌다.

"이런 멍청이가! 도대체 무슨 소리를 하는 거야!"

"노, 농담하지 마세요! 햐쿠 씨가 제 어머니라니 사양하겠어요!"

"그건 내가 할 말이야. 왜 내가 이런 건방진 꼬맹이의 엄마가 되어야 하는 건데! 애초에 이렇게 다 큰 아이가 불쑥 생길 리가 없잖아!"

---

6. 에도시대에 마을의 행정 및 사법을 관할하던 기관

"맞아요! 저는 고게차마루예요. 햐쿠 씨가 잔뜩 부려 먹고 있는 불쌍한 아이라고요!"

"멋대로 눌러앉은 주제에 뭐라고 지껄이는 거야, 이 망할 너구리가!"

"아야야야얏! 꼬, 꼬집는 건 반칙이에요!"

긴고는 그저 입을 떡 벌린 채 서 있을 수밖에 없었다. 긴고가 아는 햐쿠는 아무에게도 마음을 열지 않는 냉정한 수전노였다.

하지만 지금, 이 고게차마루라는 아이와 드잡이를 하고 있는 햐쿠의 모습에서는 인간다움마저 느껴지고 있었다. 무심코 큭큭 웃으며 긴고는 두 사람 사이에 끼어들었다.

"자, 거기까지 하지. 손님을 언제까지 이렇게 내버려 둘 셈이야. 자, 햐쿠. 자네의 힘을 빌리고 싶어서 찾아왔어. 혹시 머리 없는 도깨비라는 녀석을 아나?"

"뭐?"

"흐엑?"

햐쿠와 고게차마루의 눈이 동시에 휘둥그레졌다. 그 표정이 너무 똑 닮은 탓에 긴고는 이번에야말로 참지 못하고 웃음을 터뜨렸다.

"푸학! 뭐야? 둘 다 그런 표정을 하다니."

"……아니, 지금 당신, 머리 없는 도깨비라고 했지?"

"그래, 항간에 떠들썩하게 소문이 난 살인범이야. 혹시 이미 알고 있는 건가?"

"……알아. 그래서, 내게 그 범인을 찾아 달라는 거야?"

"이야기가 빨라서 좋군. 아무래도 평범한 방법으로는 찾을 수 없을 것 같아. 그런데…… 으음, 미안하지만 보수는 두 푼으로 깎아 줬으면 좋겠는데."

그렇게 말하고 나서 긴고는 몸을 슬며시 뒤로 뺐다.

햐쿠가 분명 난리를 치겠지. 발톱을 세운 도둑고양이처럼 달려들지도 몰라.

그렇게 생각했지만…… 햐쿠는 화내지 않았다. 화를 내기는커녕 불쾌한 표정조차 짓지 않고 "좋아." 하고 대답하는 것이 아닌가.

긴고가 두 눈을 크게 치뜨며 되물었다.

"괘, 괜찮아? 두 푼인데? 두 냥이 아니라고."

"그러니까, 그걸로 괜찮다고."

"……무슨 바람이 분 거지? 대체 무슨 꿍꿍이야?"

경계하는 듯 말하는 긴고를, 햐쿠는 날카로운 눈길로 노려보았다.

"당신도 참 무례한 인간이야. 기껏 싼 값에 일을 해 주겠다는데 말이지. 확 열 냥으로 올려 버릴까?"

"아, 아니야. 두 푼으로도 괜찮다면 더할 나위 없지. 흐음,

그럼 부탁 좀 할게."

"좋아. ……그래서? 어떻게 할 건데?"

"우선 나와 같이 가 줘야겠어. 가장 최근에 살인이 일어난 장소를 네 눈으로 직접 봐 줬으면 해."

"지금 당장?"

"빠르면 빠를수록 좋으니까."

긴고의 말에 햐쿠는 고개를 끄덕였다.

평소의 햐쿠라면 분명 재촉하지 말라고 불평했을 텐데 도대체 어쩐 일일까.

아무래도 오늘의 햐쿠는 평소와 다른 모습이었다. 긴고가 고개를 갸웃하고 있는데 뒤에서 소매를 당기는 느낌이 났다. 돌아보니 고게차마루라고 자신의 이름을 밝힌 아이가 그를 올려다보고 있었다.

"무사님, 저, 저도 같이 가도 될까요?"

"좋아. 그냥 긴고 씨나 이와타 형이라고 불러도 돼."

그때 햐쿠가 끼어들었다.

"흥, 더 좋은 호칭이 있잖아. 고게차마루, 그 사람은 개다래나무 형님이라고 부르면 돼."

"개다래나무 형님? 특이한 별명이네요. 왜 그런 별명이 붙은 거죠?"

"고양이들이 저 형씨를 엄청 따르거든. 고양이들이 좋아

하는 개다래나무를 몸속에 숨기고 있는 건 아닐까 싶을 정
도로 말이야. 그런 주제에 여자한테는 통 인기가 없지. 저기,
형씨, 다음 생에는 훌륭한 수고양이로 태어날 수 있도록 지
금부터 열심히 기도라도 하는 게 좋지 않을까? 키키키킥!"

"······역시 평소의 햐쿠가 맞군."

긴고는 신음했다.

그 무렵, 문이 꽉 닫힌 폐가 안에서 수군수군 속삭이는 이
들이 있었다.

"슬슬 시작해도 괜찮을 것 같습니다."

"그래, 머리 없는 도깨비의 소행이라고 소문이 자자하더
군. 가와라반에까지 실려서 점점 퍼지고 있어."

"그럼, 오늘 밤······."

"그래, 오늘 밤에 하자."

"······그건 그렇고 냄새가 지독하군. 땅을 더 깊이 파서 묻
을걸."

"이제 조금만 참으면 됩니다."

"그래, 조금만······. 그럼 집으로 돌아갈 수 있어."

"그래, 돌아가는 거야. 드디어."

그들의 목소리에서 짙게 배어 나오는 결의와 살의 그리고
갈망이 폐가 안을 맴돌았다.

햐쿠와 고게차마루는 긴고의 뒤를 따라 살인 사건이 일어난 유키히라 다리로 향했다. 며칠이 지난 지금까지도 다리에는 또렷하게 혈흔이 남아 있었다. 보는 사람을 흠칫하게 만드는 그 짙은 붉은색은 망자의 집념이 깃들어 있는 것처럼 보였다.

하지만 햐쿠는 얼굴빛 하나 변하지 않은 채, 바로 안대를 풀고 혈흔과 그 주위를 살펴보기 시작했다. 그 푸르른 왼쪽 눈을 보자 긴고의 가슴이 덜컥 내려앉았다. 언제 보아도 신기한 눈이었다. 하늘처럼 파랗고 호수처럼 깊이가 있었다. 그 희미한 푸른빛이 가슴을 술렁이게 했다.

긴고는 마음이 빨려 들어갈 것만 같은 위험한 느낌에 황급히 눈길을 피하며 빠른 말투로 물었다.

"뭔가 보이나?"

"좀 기다려. 하도 많은 사람들이 여기를 돌아다녀서 어떤 게 범인의 발자국인지 알 수가 없어. ······안 되겠군. 못 찾겠어. 어떤 게 범인의 것인지만 알아내면 쫓아가 볼 수 있을 텐데."

"자네 같은 사람이 그런 한심한 소리를 하면 어떻게 해. 이런 식으로 나오면 두 푼도 못 준다고."

"거참 시끄럽네. 알았어. ······머리 쪽이라면 쫓을 수 있을

지도 모르는데, 그건 어때?"

고게차마루는 소름이 끼친다는 듯한 표정을 지었지만 긴고는 귀가 솔깃했다.

"그게 좋을지도 모르겠군. 어쨌든 범인은 목적이 있어서 머리를 가져갔을 거야. 즉 머리가 있는 곳에 범인도 있을 거라는 뜻이겠지. 그렇게 해 줘, 햐쿠."

"좋아."

햐쿠는 "이쪽이야." 하고 말하며 망설임 없이 걸어가기 시작했다. 긴고는 그 뒷모습이 왠지 듬직하게 느껴졌다. 이대로라면 밤이 되기 전에 범인이 있는 곳을 찾을 수 있을지도 모른다.

긴고는 일도류[7]를 전수받은 실력자였다. 상대가 누구든 그것이 사람이라면 결코 그가 질 일은 없어 보였다. 무엇보다 오늘 안으로 끝장을 보고 싶은 마음이 컸다.

그의 마음이 전해진 것일까. 고게차마루가 긴고를 향해 속삭였다.

"상당히 초조해 보이시네요. 왜 그러세요?"

"초조한 것도 당연하지. 머리 없는 도깨비는 나흘 간격으로 사람을 죽이고 있어. ……오늘은 지난번 살인이 일어난

---

7. 센고쿠시대에 창시된 검술의 한 유파

날로부터 꼭 나흘째 되는 날이야."

"……오늘 꼭 붙잡았으면 좋겠네요."

"그래, 나도 동감이란다."

이윽고 세 사람은 길을 벗어나 수풀 속으로 들어갔다. 그곳에 들어서자 인적이 뚝 끊겼다. 마치 깊은 산속으로 들어온 것만 같았다. 햐쿠는 거침없이 덤불을 헤치며 나아갔다.

그때 그녀의 뒤를 따라가던 고게차마루가 맹렬히 코를 킁킁대기 시작했다. 신경이 쓰인 긴고가 물었다.

"무슨 일이야, 고게차마루?"

"네? 아, 그게…… 약간 냄새가 나는 것 같아서요."

"냄새?"

"……햐쿠 씨가 눈이 좋은 것처럼, 저는 코가 좋거든요. 그런데 이건 좀……. 아니에요, 이제 형님도 곧 맡게 되실 거예요."

"뭐? 그게 무슨 뜻이지?"

더 자세히 물으려던 순간, 긴고는 흠칫했다. 앞서 걷고 있던 햐쿠가 어느새 걸음을 멈추고 손가락으로 무언가를 가리키고 있었던 것이다. 햐쿠가 가리키는 곳으로 시선을 돌린 긴고는 몸이 딱딱하게 굳어 버렸다.

폐가였다. 사람들이 떠난 지 오래되어 당장이라도 무너질 것만 같았다. 하지만 악당들이 은신처로 삼기에는 정말이지

안성맞춤이라고 할 수 있어 보였다.

햐쿠와 고게차마루를 뒤로 물러나게 한 긴고는 재빨리 어깨띠를 두르고 소매를 걷어붙였다. 그렇게 언제라도 허리춤의 검을 빼낼 수 있도록 자세를 가다듬은 뒤, 조심스럽게 폐가 쪽으로 가까이 다가갔다.

이윽고 폐가에 다다른 긴고가 힘차게 문을 걷어차고 안으로 뛰어들었지만 그곳에는 아무도 없었다. 대신 엄청난 악취가 코를 찔렀다.

"윽……"

그것이 무슨 냄새인지 긴고는 곧바로 알 수 있었다. 시취였다. 고기가 부패하며 녹아내리는 냄새가 물씬 풍겼다. 긴고는 코와 입을 손으로 가린 채 집 안을 빠르게 둘러보았다. 하지만 눈에 거슬릴 만한 것들은 전혀 없었다. 긴고가 뒤돌아 손짓하자 햐쿠 일행이 바로 다가왔다.

"어때?"

"보이는 대로, 이미 빠져나갔어. ……이 냄새의 근원이 어딘지 알 수 있나?"

"……."

"……."

햐쿠는 미간을 찌푸리고 고게차마루는 눈에 눈물이 그렁그렁한 채로 둘이 동시에 한 곳을 가리켰다. 긴고는 그들이

가리킨 바닥의 널빤지를 뜯어보았다. 그 아래에는 흙이 봉긋하게 솟아 있었다. 땅을 파헤쳐서 무언가를 묻은 듯했다.

옆에 있던 두툼한 나뭇가지로 흙을 파헤쳐 보니 썩고 있는 사람의 머리가 세 개 나왔다. 눈구멍과 입에 흙이 가득 차 있는 그 모습이 너무나도 무참하고 가련한 나머지 긴고는 손을 모아 합장하지 않을 수 없었다.

합장을 마친 뒤 그는 다시금 폐가 안을 둘러보기로 했다. 누군가 분명 이곳에 한동안 머물렀을 것이다. 먼지가 쌓인 바닥에는 발자국이 남아 있었다. 텅 빈 술병과 바닥에 떨어진 쌀알도 발견했다. 재가 잔뜩 쌓여 있는 난로에는 아직 온기가 남아 있었다. 불과 얼마 전까지 이곳에 흉악한 살인범이 머물렀던 것이다. '코앞에서 놓쳐 버렸구나.' 하는 생각에 긴고는 분한 마음이 끓어올랐다.

한편 햐쿠는 땅에 묻혀 있던 머리들을 말끄러미 바라보고 있었다.

"기껏 가져가 놓고는 이렇게 내팽개쳐 두다니. 머리를 갖고 싶었던 게 아니었나?"

"모르지. 모르는 것투성이야. ……어때, 범인이 다시 이곳으로 돌아올 것 같아?"

"아니. 남아 있는 물건이 전혀 없어. 살인에 사용한 검이나 뒤집어쓰고 있던 도롱이도. ……아마 또 사냥을 하러 나간 거겠지."

"나도 그렇게 생각해. ……햐쿠, 쫓을 수 있겠어?"

긴고의 절박한 모습과 달리 햐쿠는 히죽 웃어 보였다.

"이번에는 문제없어. 여기 남은 흔적을 쫓으면 되니까. 개다래나무 형씨, 미리 말해 두겠는데 범인은 네 명이야."

"뭐라고?"

"정말이야. 이곳에는 네 개의 기척이 남아 있어. ……아마 정통 사무라이일 거야. 시시한 떠돌이 낭인이 아니라."

"주군을 모시는 사무라이가 서민의 목을 사냥하고 돌아다닌다는 말이야?"

긴고의 눈이 점점 더 휘둥그레졌다. 햐쿠는 조바심이 나는 듯 재촉했다.

"아무튼 서두르자. 그 녀석들은 오늘 밤, 또 누군가를 죽일 생각이야."

"그, 그래."

"그건 그렇고 고게차마루는…… 앗, 거기 숨어 있었다니!"

두 사람이 대화하던 사이, 고게차마루는 어느새 폐가 밖으로 나가 있었다. 고게차마루가 나무 뒤에서 얼굴만 살짝 내민 채 우물우물 말했다.

"하, 하지만 머리가 무서워서…… 저, 그곳으로는 안 들어갈 거예요."

"그래, 이제 들어갈 필요 없으니까 얼른 따라와. 이런 말도 안 되는 짓을 저지른 놈들을 찾아서 쫓을 거거든."

"……그럼 이제 머리는 안 봐도 돼요?"

"글쎄다. 운이 나쁘면 녀석들이 누군가의 목을 날리는 장면을 보게 될지도 모르지."

"으에엑……."

"됐으니까 빨리 와! 형씨도 뭘 꾸물대는 거야! 이제 곧 밤이 된다고. 시간이 없어."

"그래, 그래야지."

새삼 대단한 여자라고 생각하면서 긴고는 달려가는 햐쿠의 뒤를 따르기 시작했다.

이제 얼마 안 남았어.

덤불 속에 몸을 숨긴 이노스케는 생각했다. 조금 전부터 계속해서 몸이 떨려 왔다. 아무리 꾹 참아 보아도 자꾸만 이가 딱딱 부딪쳤다. 추위와 두려움 그리고 높아지는 기대 때문이었다.

진정하자. 차분하게 하는 거야.

스스로에게 이렇게 되뇌고 있는데 누군가 그의 등에 손을 얹었다. 뒤를 돌아보자 다바타 도지로와 눈이 마주쳤다. 사인조 중 가장 연장자로, 이노스케가 아버지처럼 의지하는 남자였다. 창백해진 이노스케의 얼굴을 보며 도지로는 말없이 고개를 끄덕여 보였다.

우리는 잘못을 저지르는 게 아니다. 이건 필요한 일이야. 꼭 해야 하는 일이고.

그런 목소리가 들려오는 듯한 기분이 들자 이노스케도 고개를 마주 끄덕여 보였다.

그래, 어쩔 수 없는 일이다. 이렇게 할 수밖에 없어. 우리 잘못이 아니야. 지금부터 사람을 죽인다 해도 그건 도저히 피할 수 없는 일이야.

오늘 밤, 약 도매상 에비나야의 젊은 주인 신타로의 목을 날린다. 그리고 자른 목을 가지고 돌아간다. 주군의 분노를 산 다치바나 센노스케의 목을 대신해서.

다바타 도지로. 이노우에 사몬. 야마구치 다쓰노조. 유카와 이노스케.

누마즈 번[8]의 사천왕으로 불리는 이 네 사람이 주군으로부터 "번에서 도망친 다치바나 센노스케를 죽여라!"라는 명령을 받은 것도 벌써 삼 년 전의 일이었다.

처음에 이들은 주군으로부터 명예로운 분부를 받았다며 혈기왕성하게 움직였지만 반년이 채 지나기도 전에 그들

_____
8. 만 석 이상의 영토를 소유한 봉건영주인 다이묘가 지배하던 영역을 이르는 말

앞에 놓인 혹독한 현실을 깨닫게 되었다. 어디에 있는지도 모르는 젊은이 한 명을 계속 쫓았다. 그자를 찾아내서 그 목을 치고 번으로 가져가기 전까지 그들은 고향으로 결코 돌아갈 수 없었다.

그렇게 다치바나 센노스케를 찾아 헤매기를 삼 년, 그동안 몇 번이나 노잣돈이 떨어졌고 그들은 그때마다 번에 사정을 해야만 했다. 번에서 얼마간의 돈을 보내 주기는 했지만 분노한 주군의 편지가 늘 동봉되어 돌아왔다.

번에 손을 벌리지 않기 위해 최대한 절약하기로 결심한 네 사람은 다 해어져서 너덜너덜한 옷을 걸친 채 길에서 노숙을 할 수밖에 없었다. 이미 그들은 명예로운 무사가 아닌 영락없는 떠돌이 낭인의 모습이었다.

이노스케는 끓어오르는 분노를 억누를 길이 없었다. 애초에 사건의 발단은 남색을 즐기던 주군에게 센노스케가 복종하지 않았던 것이라고 전해 들었다. 센노스케에 대해서는 이노스케도 잘 알고 있었다. 달빛을 떠올리게 할 정도로 아름다운 외모를 가진 소년. 남자에게는 영 흥미가 없는 이노스케조차도 그를 보면 왠지 모르게 가슴이 요동치고는 했다. 이노스케조차 그렇게 느낄 정도였으니…….

주군이 센노스케에게 보인 집착은 실로 무시무시했다. 자신의 시동이 될 것을 명하고 한시도 곁에서 떼어 놓지 않은 채 툭하면 센노스케의 몸을 어루만졌다고 한다. 주군의 집요한 요구에 두려움을 느낀 센노스케는 끝내 번에서 도망치고 말았다. 의지할 가족도 없는 홀몸이었던지라 아무런 미련도 없이 뛰쳐나갔을 것이다.

당연히 주군은 격노했다. 사랑이 지나쳐 결국 미움만 남게 된 것일까. 곧바로 이노스케를 포함한 네 사람에게 센노스케의 처단을 명했다.

이제 와서 생각해 보니 참으로 한심스러운 일이었다. 고작 그런 이유로 부하를 처단하라는 명령을 내리다니. 이노스케의 입장에서는 귀찮기 짝이 없는 일이었고 그저 운이 나빴다고밖에 할 수 없었다.

센노스케도 그렇다. 열여섯의 어린 나이라고는 하나 그역시 어엿한 무사 아닌가. 주군을 등질 것이라면 차라리 무사답게 할복이라도 할 것이지 비겁하게 도망이나 치다니, 용서할 수 없었다.

센노스케에 대한 분노 그리고 주군에 대한 원망은 시간이 지날수록 이들 무사의 마음속에 끊임없이 샘솟았다. 하지만 주군을 따르는 것이 진정한 무사의 임무. 아무리 원망스러워도 고향으로 돌아가려면 센노스케를 찾아내야만 했다.

네 사람은 그야말로 눈에 불을 켜고 센노스케를 찾아 헤

맺다. 하지만 수색은 난항을 겪었다. 센노스케는 마치 연기가 되어 사라져 버린 것처럼 그 어디에도 단서 하나 남기지 않은 채 홀연히 모습을 감춘 것이었다. 무언가 이상하다는 생각이 들자 네 사람은 초조해지기 시작했다.

센노스케의 나이는 고작 열여섯. 번에서 도망갈 때 가지고 간 돈도 얼마 되지 않을 것이다. 분명히 누군가는 진작에 그를 발견했어야 한다. 아니, 어쩌면 그 녀석은 이미 진작에 어딘가에서 죽어 버렸는지도 모른다. 죽은 사람인 줄도 모르고 열심히 찾아 헤맸던 것이라면…… 그토록 허무한 일은 또 없을 것이다.

그런 불안에 휩싸인 나머지, 네 사람은 차라리 "신노스케는 이미 죽었습니다."라고 주군에게 보고하는 게 어떻겠느냐는 이야기를 나눈 적도 있었다. 하지만 만일 그 말이 거짓임이 들통날 경우, 본인들은 물론이고 가족들까지도 죽음을 면치 못할 것이다. 그런 위험한 일을 무릅쓰고 거짓을 고할수는 없었다.

찾자. 무조건 계속 찾는 거야. 그 방법뿐이다.

몇 번이나 포기할 뻔했지만 그때마다 네 사람은 서로를 격려하고 사기를 북돋웠다. 초조함과 절망감에 깃든 날이 계속되면서 인상마저 차츰 험악해졌지만 그럼에도 어떻게든 참고 견디며 힘을 짜냈다.

하지만 바로 한 달 전, 결정적인 사건이 일어났다. 설을 앞두고 들뜬 분위기로 가득 찬 센소지 절의 경내에서 이노스케 일행이 센노스케와 똑 닮은 젊은이를 발견한 것이다.

나이는 열아홉에서 스무 살 정도. 옷차림이나 상투를 튼 모습이 상인처럼 보였지만, 그 예쁜 얼굴에는 주군의 마음을 사로잡았던 미소년의 자취가 또렷하게 남아 있었다. 그때가 지금으로부터 삼 년 전이니 나이대도 들어맞았다. 센노스케가 틀림없었다.

한편 센노스케는 이노스케 일행이 자신을 살피고 있다는 것을 눈치채지 못하는 듯했다. 그는 그저 하인을 거느린 채 노점에 걸린 새해 장식을 흐뭇하게 바라보고 있었다. 그 천진난만하고 행복해 보이는 모습을 본 순간, 이노스케는 피가 거꾸로 솟는 것만 같았다.

우리가 누구 때문에 이렇게 생고생을 하고 있는데 정작 저 녀석은!

그것은 다른 셋도 마찬가지였다. 서로 눈짓을 주고받은 네 사람은 눈을 번뜩이며 센노스케에게 다가가 그를 둘러쌌다. 목구멍이 찢어질 듯 우렁차게 호통을 친 것은 다바타 도지로였다.

"다치바나 센노스케! 드디어 네놈을 찾았구나! 순순히 따라와라!"

"이제 도망치지 못할 것이다!"

"얌전히 네 목을 내놔라! 이건 주군의 명령이다!"

즉시 칼을 뽑아서 그들에게 대항할 거라고 생각했던 센노스케는 "끄에에에엑!" 하고 비명을 지르며 맥없이 주저앉았다. 하지만 이노스케는 그 모습을 보고도 이상하다고 생각하지 않았다. 오히려 손쉽게 목을 칠 수 있겠다며 득의양양했을 정도다.

그때 한 사무라이가 그들 앞으로 나서더니 겁먹고 주저앉아 있는 젊은이를 감쌌다. 잿빛 옷을 입은 채 허리춤에 긴 칼 한 자루를 꽂은 그 남자는 매우 침착한 모습으로 이노스케 일행에게 말했다.

"잠깐 기다리시오. 실례지만 사람을 잘못 본 게 아닌가 싶소만. 이 젊은이의 이름은 신타로. 약 도매상 에비나야의 장남으로 나도 예전부터 아는 젊은이요. 당신들이 찾는 센노스케라는 자가 아니라오."

"무, 무슨 소리냐! 네놈도 센노스케와 한패로구나!"

"세 치 혀로 우리를 속이려고 해 봤자 소용없다!"

"썩 비켜라! 안 그러면 네놈도 함께 베어 버리겠다!"

"해치워 버리죠, 사몬 씨!"

살기를 띠고 소란을 피우는 이노스케 일행을 향해 남자는 천천히 자신의 이름을 밝혔다.

"나는 핫초보리의 우두머리 도신, 단바 유이치로라고 하오. 이 자리에서 소란을 피운다면 당신들을 봉행소로 끌고 갈 수밖에 없소."

"뭐, 봉행소?"

"도신이라고?"

"맹세컨대 내 말은 거짓이 아니외다. ……당신들은 지금 중요한 명령을 수행하는 중이리라 짐작되오만, 사람을 착각해서 무고한 젊은이를 베어 죽이는 불미스러운 일을 저지른다면 그건 곧 당신들 주군의 흠결이 되지 않겠소?"

조리 있는 말, 관록, 차분함, 그 모든 면에서 단바 유이치로라는 남자는 그들보다 우위를 점하고 있었다. 이노스케 일행은 그 자리에서 물러날 수밖에 없었다.

그때 조용히 물러난 것은 다행스러운 일이었다. 그 후 그들이 조사해 본 결과, 단바의 말이 사실이란 것을 확인했기 때문이다. 그자는 센노스케가 아니었다. 그저 그와 몹시 닮은 생판 남이었던 것이다. 다시 처음부터 시작해야 했다.

이노스케 일행은 그날 이후 완전히 기세가 꺾이고 말았다. 팽팽하게 당겨지던 실이 뚝 끊어진 것처럼, 기력이란 기력은 죄다 빠져 버린 것이다.

찾았다! 이제 이 기나긴 고통의 여정도 다 끝이야! 고향으로, 집으로 돌아갈 수 있어!

한 번 그런 마음을 먹었던 만큼, 실패로 인한 타격은 몇 배나 더 격렬하고도 컸다. 서로를 의지하며 간신히 버티던 그 마음이 한순간의 오해로 인해 비로소 꺾여 버리고 만 것이라고, 이노스케는 기억한다.

그래서였을까? 악마에 씌었다고밖에 할 수 없는 말이 무심코 이노스케의 입에서 흘러나왔다.

"차라리…… 가짜 머리를 가져가는 건 어떻겠습니까?"

세 사람은 흠칫 놀라며 이노스케를 바라보았다. 이노스케는 순간 호통을 듣겠구나, 하고 몸을 움츠렸지만 아무런 말도 들려오지 않았다. 그렇게 긴 침묵이 흐른 끝에 "그것도…… 좋은 방법일지 모르지."라고 말하며 도지로가 고개를 끄덕였다.

네 사람은 즉시 대책을 짜기 시작했다. 목표는 에비나야의 젊은 주인, 신타로. 무예라고는 배워 본 적도 없는 연약하고 빈틈투성이인 젊은이였다. 마음만 먹으면 언제든지 목을 벨 수 있었다.

하지만 난처하게도 이노스케 일행은 수많은 사람들의 이목이 집중된 곳에서 신타로를 몰아붙이고 말았다. 그것도 모자라 핫초보리의 우두머리 도신 앞에서. 무작정 신타로의 목을 베었다가는 '그때 그 사무라이들이 수상하다'며 이노스케 일행이 곧바로 혐의를 받을 것이 틀림없었다.

그렇다면 아예 괴물의 소행으로 만들면 어떨까? 우선 되는 대로 젊은 남자를 몇 명 죽이고 그 목을 가져가는 괴기한 사건을 일으키는 것이다. 마지막 희생자가 신타로라고 해서 특별히 의심할 자는 없을 터였다.

그럭저럭 계획을 세운 이노스케 일행은 즉시 행동으로 옮겼다. 다른 사람이 목격할 때를 대비해서 제대로 된 변장을 하기로 했다. 어깨 위에 짚을 적당히 얹어 동여맨 뒤 머리 위에 도롱이를 뒤집어쓰면 머리가 없는 거대한 괴물처럼 보였다.

그런 차림을 하고 난 뒤, 가장 먼저 도지로가 한 사람을 죽였다. 그다음은 다쓰노조였고, 사몬이 세 번째 살인을 저질렀다. 그리고 오늘 밤은 이노스케의 차례였다. 오늘로서 모든 게 끝난다.

최종 목표물인 에비나야의 신타로가 오늘 밤 이 길을 지나간다는 것은 이미 조사해서 알고 있었다. 호위가 한 명 붙어 있는 듯하나 그는 나머지 셋이 맡기로 했다. 이노스케는 그저 잽싸게 신타로의 목을 베고 잘린 머리를 주워서 도망치기만 하면 되었다.

이노스케는 번에 남겨 두고 온 약혼자 시호를 생각했다. 빨리 돌아가서 시호와 혼인을 하고 싶었다. 이 허무하고 지쳐만 가는 나날을 끝내고만 싶었다. 피폐해질 대로 피폐해져 버린 그의 마음속에는 이미 그 어떤 긍지나 죄책감도 전혀 남아 있지 않았다.

어느새 떨림은 진정되었고 대신 피가 끓어올랐다. 동료들을 돌아본 이노스케는 "괜찮습니다." 하고 고개를 끄덕여 보였다.

나는 할 수 있어. 해치울 거야. 그리고 번으로 돌아가는 거야.

어둠 속에서 네 사람은 흡사 네 마리의 짐승처럼 몸을 숨기고 숨죽인 채 사냥감이 다가오기만을 기다렸다. 하지만 그때 예기치 못한 일이 벌어졌다.

"으윽!"

갑자기 뒤에 있던 다쓰노조가 묘한 신음을 흘리더니 그대로 털썩 앞으로 고꾸라져 버린 것이었다.

"다쓰노조? 이, 이봐, 왜 그래?"

"무슨 일입니까? 앗!"

이노스케는 흠칫했다. 쓰러진 동료의 뒤에 길쭉한 몽둥이를 손에 든 남자가 서 있던 것이다.

관청 사람인가! 그렇다면 우리의 계획이 탄로 났다는 말인가!

이노스케 일행은 당황하면서도 일제히 검을 빼 들었다. 상대는 한 명이었다. 덩치는 꽤 좋아 보였지만 셋이 함께 덤

비면 밀리지는 않을 것이다.

이 녀석부터 베어 버려야겠어! 신타로를 해치우기 전에 피의 축제를 벌여 주지!

이상한 흥분을 느끼면서 이노스케가 검을 크게 휘둘렀을 때였다.

삐— 삐— 익!

어디선가 피리 소리가 들려왔다.

이건 무슨 소리지? 신호인가? 동료를 부르는 소리? 관졸들이 어둠 저편에서 등불을 치켜들고 우리를 잡으러 몰려오고 있는지도 몰라! 그렇다면 우리 셋이서 그 많은 인원을 당해 낼 수는 없어. 결국 붙잡히고 말 거야.

이노스케는 금세 기가 꺾였다. 힘이 빠지는 것과 동시에 공포가 솟구쳤다. 그렇게 된다면 이제 끝이다. 맞서 싸워야 한다는 생각 따위는 더 이상 할 수 없었다. 그저 도망쳐야겠다는 생각밖에 들지 않았다.

"으, 으아아아앗!"

제일 먼저 도망치기 시작한 것은 다름 아닌 도지로였다. 사인조 중 가장 나이가 많은 연장자로서 지금까지 든든하게 동료들을 이끌어 온 남자가 꼴사나운 모습으로 동료에게 등을 돌린 것이다. 그 모습을 본 이노스케와 사몬도 서로 앞다투어 도망치기 시작했다. 공격을 받고 쓰러져 있는 다쓰노조는 안중에도 없었다.

"이놈들! 멈춰라!"

붕, 하는 묵직한 소리가 나더니 사몬의 뒤통수에 몽둥이가 명중했다. 옆에서 달리던 사몬이 소리도 없이 쓰러지는 것을 본 이노스케는 더욱 무서워졌다.

싫어. 붙잡히고 싶지 않아. 절대로.

정신없이 도망치려고 했지만 뒤에서 들려오던 발소리는 금세 가까워졌다.

틀렸어. 붙잡히겠어.

그렇게 생각했을 때였다.

"그냥 도망가게 둬, 개다래나무 형씨. 두 사람은 잡았으니 이제 충분하잖아."

어디선가 나긋하고 천연덕스러운 여자의 목소리가 들려왔다. 그 목소리에 허를 찔린 듯, 이노스케의 등 뒤에까지 바짝 다가와 있던 발소리가 멈췄다.

하늘이 내린 기회를 놓치지 않고 이노스케는 그대로 앞으로 내달렸다. 폐가 찢어질 정도로 캄캄한 어둠 속을 달리고 또 달렸다…….

그러다 끝내 쿵, 하고 쓰러졌다. 그는 이제 자신이 어디에 있는지조차 알 수 없었다. 아무래도 산속인 것 같았다. 주위에서 축축한 흙과 솔잎 냄새가 났다. 온몸의 감각을 깨우듯 주위를 바짝 살폈지만 그를 쫓아오는 기척은 전혀 느껴지지 않았다. 그들을 무사히 따돌린 모양이었다.

이노스케는 안심하면서 몸을 웅크렸다. 그제야 동료들이 떠오르며 눈물이 흘렀다.

조금만 더 있으면 됐는데. 조금만 더 있으면, 다 함께 웃으면서 고향에 돌아갈 수 있었는데.

도지로는 모르겠지만 아마도 사몬과 다쓰노조는 붙잡혔을 것이다. 그 두 사람은 과연 자백할까? 우리에 대한 이야기를, 우리가 저지른 죄를 모두 다 털어놓을까? 아아, 그렇게 되면 끝장이다. 어쩌지? 앞으로 어쩌면 좋지? 생각해. 생각해 내야만 해.

하지만 아무것도 떠오르지 않았다. 대신 원망스러운 감정만이 치솟기 시작했다.

"나는 잘못한 게 없어. 아무 잘못도 없다고. 어째서 일이 이렇게 꼬여 버린 거야. ……젠장, 젠장!"

그가 울면서 중얼거렸을 때였다.

바스락.

발소리가 났다. 이노스케는 움찔해서 자기 입을 틀어막았다. 방금 그 발소리는 꽤 가까운 곳에서 들려왔다. 모르는 새 누군가가 근처까지 다가와 있었던 모양이다.

누구지? 날 쫓아온 건가?

방어 자세를 갖추는 이노스케를 향해 발소리가 천천히 다가왔다. 곧이어 정체 모를 발소리의 주인이 그 모습을 드러냈다. 달빛 아래 불쑥 드러난 것은 머리가 없는 거대한 남자였다. 동료였나 싶어 안심하려던 찰나…….

이상하다. 오늘 밤 머리 없는 도깨비로 변장하기로 한 건 나였으니 다른 세 명은 평소와 같은 모습일 텐데. 게다가 자세히 보니 도롱이를 뒤집어쓰고 있지도 않잖아. 근육이 불거진 몸에 달려 있는 거라고는 허리에 두른 곰 가죽뿐이고. 양쪽 가슴에는 붉게 빛나는 눈이 달려 있네.

돌처럼 굳은 이노스케를 향해 기이한 모습을 한 존재가 오른손을 내밀었다. 손에는 도지로의 머리가 놓여 있었다. 얼굴을 찌푸린 채 눈을 번쩍 뜬 도지로가 원망으로 가득한 눈으로 이노스케를 노려보고 있었다.

"끄아아아아악!"

새된 비명을 지르는 이노스케 위로 머리 없는 도깨비의 그림자가 천천히 드리워졌다.

다음 날 점심 무렵, 도신 이와타 긴고는 또다시 괴물 공동주택의 햐쿠를 찾아갔다. 햐쿠는 고타쓰에 들어간 채로 우엉 볶음과 절임을 반찬 삼아 식사를 하고 있었다. 긴고가 우선 보수로 주기로 했던 두 푼을 지불한 뒤 조용히 말했다.

"어젯밤 붙잡은 남자 둘 말인데, 오늘 아침 감옥에서 시체로 발견됐어."

"······."

"자살은 아니야. 둘 다 머리가 사라졌으니까. 게다가······ 검으로 벤 게 아니라 억지로 힘을 줘서 잡아 뽑은 듯한 흔적이었어. 그건 인간이 할 수 있는 일이 아니야."

"흐음."

흥미 없다는 듯이 우엉 절임을 아작아작 씹는 햐쿠. 긴고에게 차를 내어 준 고게차마루도 무표정이었다. 두 사람의 부자연스러운 태도에 긴고는 자신의 생각이 들어맞았다는 것을 확신했다. 하지만 그에 대해서는 더 이상 언급하지 않은 채 잠시 뜸을 들인 뒤 말을 이었다.

"사실 공범이 더 있었다는 건 아직 아무에게도 말하지 않았어. 지금부터 두 녀석을 끈질기게 취조해서 공범이 있는 곳과 살해 이유를 밝혀낼 생각이었으니까. 그런데 그 둘이 모두 죽어 버려서 그조차도 할 수 없게 됐지. 납득이 되지 않는 기괴한 일이지만 아무튼 살인을 일삼던 통칭 '머리 없는 도깨비 이인조'는 죽었다, 그렇게 마무리 지을 생각이야. ······그걸로 괜찮겠지?"

"그래, 분명 도망친 두 사람도 멀쩡하지는 못할 거야. 아무튼 한 건 해결했네. ······이제 머리 없는 도깨비는 나타나지 않을 테니까."

"자네의 천리안인가. 좋아, 일단 한번 믿어 보지."

긴고는 훗, 하고 작게 웃었다.

"그나저나 안타깝군. 그 녀석들이 왜 그런 짓을 저질렀는지 끝내 밝히지 못한 채 끝나 버리고 말았으니."

"흥. 해결했으니 그걸로 됐잖아. 이제 돈도 냈으니까 얼른 돌아가. 당신 이야기를 듣고 있자니 밥맛이 떨어지잖아."

"그래, 그래. 얌전히 물러나도록 하지. 그럼 또 보자, 고게 차마루."

"네, 개다래나무 형님."

"……그렇게 부르는 건 그만둬."

약간 맥이 풀린 표정을 지으며 긴고는 괴물 공동주택을 뒤로한 채 골목을 빠져나갔다. 큰길로 나오자 갑자기 분위기가 가볍고 밝아지는 것만 같았다. 늘 있는 일이었다. 역시 괴물 공동주택 일대에는 정체를 알 수 없는 것들이 소용돌이치고 있는 모양이었다.

긴고는 무심코 걸음을 멈추고 하늘을 올려다보았다. 찬바람이 깨끗이 쓸어 간 듯 하늘은 높디높고 새파랬다. 긴고는 코를 문지르며 마치 햐쿠의 왼쪽 눈 같다고 생각했다.

솔직히 아직 납득이 가지 않는 점이 몇 가지 남아 있었다. 두 범인의 이해할 수 없는 죽음도 그렇지만 그들의 신원과 살해 이유도 여전히 미궁 속이었다.

　게다가 지난 밤 햐쿠의 언동은 또 어떤가. 긴고가 도망가는 범인을 쫓으려 하자 "그냥 가게 둬, 개다래나무 형씨. 두 사람은 잡았으니 이제 충분하잖아."라고 말하며 자신을 멈춰 세웠다. 그건 마치 일부러 범인을 놓아주려는 듯한 행동이었다. 대체 어째서일까.

　궁금한 마음은 쉽게 사그라지지 않았지만 물어 봤자 햐쿠는 아무런 대답도 해 주지 않을 것이다. 그래서 긴고는 아쉽지만 얌전히 물러나기로 했다.

　무엇보다 긴고는 햐쿠를 신뢰했다. 햐쿠가 '그걸로 되었다'고 말했으니 그 말대로 더 이상 머리 없는 도깨비에 의한 희생자가 나올 일은 없을 것이다.

　"……그걸로 됐어. 그걸로 된 거야, 지금은."

　스스로에게 되뇌며 긴고는 계속 가던 길을 갔다.

　한편, 괴물 공동주택 햐쿠의 집에서는 고게차마루가 불만스러운 듯 볼을 부풀리고 있었다.

　"햐쿠 씨도 참 어지간하네요. 그렇게 뻔뻔하게 사례금을 받다니 말이에요."

　"뭐야? 뭐가 불만인데?"

　"그게, 사실 개다래나무 형님을 속인 거나 마찬가지잖아

요. 두 푼도 확실하게 받아 내다니. 애초에 처음부터 말했어
야 했어요. 머리 없는 도깨비를 찾아 달라는 의뢰는 이미 받
았다고."

"그래서? 다 밝히라는 거야? 진짜 머리 없는 도깨비가 나
에게 의뢰를 하러 왔다고?"

그랬다. 이와타 긴고가 찾아오기 전날 밤, 진짜 머리 없는
도깨비가 햐쿠를 찾아왔던 것이다. 머리 없는 도깨비는 단
단히 화가 나 있었다.

"인간이 나의 이름을 사칭하고 사람을 죽이다니, 요괴로
서의 수치다. 도저히 용서할 수 없는 일이다. 꼭 범인을 찾
아서 알려 주었으면 한다."

그렇게 말하며 머리 없는 도깨비는 돈이 짤랑거리는 주머
니를 내밀었다. 아마 길을 가다 쓰러진 여행자의 품에서 슬
쩍한 것일 터였다.

하지만 햐쿠는 개의치 않고 받아 들었다. 돈은 돈이었다.
게다가 대충 세어 보니 열 냥 가까이 되었다. 거절할 이유가
없었다. 햐쿠가 의뢰를 받아들이겠다고 대답하자, 머리 없
는 도깨비는 작은 대나무 피리를 건넸다. 그러고는 범인을
찾아내면 이걸 불어서 신호를 보내 달라고 말했다.

"흠, 아무래도 머리 없는 도깨비가 원 없이 한풀이를 한
모양이네."

"뭐, 인과응보라고 할 수 있죠."

고게차마루가 그렇게 중얼거리자 햐쿠는 눈을 크게 떴다.

"착해 빠진 네가 웬일이야? 제법 매정한 발언이네."

"그야…… 그들이 저지른 짓이 너무 끔찍한걸요. ……그런데 왜 그런 짓을 저질렀는지 햐쿠 씨는 짐작이 가요?"

"아니, 악당들의 생각은 알고 싶지도 않아. 어차피 시시하고 보잘것없는 이유 때문이겠지. 자, 그 녀석들에 대한 건 더 이상 생각하지 말자. 그보다 이 두 푼으로 오늘 밤은 사치 좀 부려 보지 않겠어? 미꾸라지 전골이라도 먹으러 갈까?"

"그 말은, 개다래나무 형님한테 돈을 돌려줄 생각이 없다는 건가요?"

"이걸 왜 돌려줘? 받을 수 있는 건 다 받아 내야지. 난 한 번 받은 건 절대 돌려주지 않아. 그게 이 햐쿠 님의 철칙이거든."

"……당당한 욕심쟁이네요. 낭비만 하지 않는다면 천 냥도 금세 모을 수 있을 것 같은데 말이죠."

안타깝다는 표정으로 고게차마루는 투덜댔다.

3

바다와 해변이 보였다. 바다는 어둡고 거칠었으며 파도는 회색 늑대들의 무리처럼 날뛰고 있었다. 그런 한편, 해변은 끝없이 하얗고 평온하며 아름다웠다.

대조적인 두 경치에 놀란 센지로는 빨려 들어가듯 바다 가까이로 다가갔다. 그때 파도 속에서 한 어린 소녀가 나타났다. 나이는 두세 살 정도 되어 보였다. 변변치 않은 옷과 머리카락은 바닷물에 푹 젖어 있었고 입술은 새파랬다.

얼굴은 보기만 해도 참혹한 상처들로 가득했다. 날카로운 손톱이나 칼날에 마구잡이로 찢긴 것 같았다. 오래되어 하얗게 변해 버린 상처들이 얼굴 전체를 뒤덮고 있었다.

가련한 상처투성이 소녀는 문득 센지로 쪽을 향해 손을 뻗었다. 마치 도움을 구하려는 것 같았다.

저 아이를 바다에서 끌어내야 해. 그러지 않으면 다음 파도에 휩쓸려 버리고 말 거야.

초조해진 센지로는 소녀를 향해 달려가려고 했지만 그가 발을 내디딜 때마다 모래 속으로 가라앉았다. 마치 뱀에게 삼켜지는 것처럼 그대로 푹푹 들어가기 시작했다.

소녀가 무어라 소리쳤다. 하지만 알아들을 수 없었다. 손을 뻗어 보아도 닿지 않았다.

"아악!"

자신이 내지른 고성에 센지로가 눈을 번쩍 떴다. 온몸이 땀으로 흠뻑 젖어 있었고 심장의 박동은 좀처럼 사그라들지 않았다.

"또…… 똑같은 꿈이었어."

센지로는 쓸쓸하게 중얼거린 다음, 몸을 일으켜 옷을 갈아입고 침실을 나섰다. 그러자 팥이 익어 가는 냄새와 설탕의 달큰한 향기가 코끝을 간질였다.

센토야. 육십 년 동안 이어져 온 유서 깊은 과자 가게이자, 서민부터 영주 가문에 이르기까지 폭넓게 사랑받는 지토세 라쿠간[9]을 파는 곳으로 유명하다.

9. 곡물가루와 설탕으로 만든 건과자의 일종

센지로는 이 가게의 둘째 아들이었다. 그는 형인 센타로처럼 장사를 배우지도 않았고 과자 장인들과 부지런히 어울리지도 않았다. 스물다섯 살이 된 지금까지도 그저 매일 마음 가는 대로 늦잠을 자고 부모로부터 용돈을 받아 어슬렁거리며 놀러 다니기 일쑤였다.

하지만 애물단지 취급을 해도 이상하지 않을 둘째 아들의 응석을 집안 사람들이 이렇게까지 받아 주는 데에는 그럴 만한 이유가 있었다. 사 년 전, 센지로가 죽을 뻔했던 사건이 있었기 때문이다.

센지로 자신은 전혀 기억하지 못했지만 그는 다리에서 떨어져 강물에 빠졌다. 그 후로 센지로는 보름 가까이 생사의 경계를 넘나들었고, 겨우 눈을 떴을 때는 얼마간의 기억마저도 잃고 말았다.

그로부터 사 년이 흘렀는데도 지금껏 그의 상태는 통 이상했다. 도무지 기력이 회복될 기미가 보이지 않았고 자신이 해야 할 일조차 혼자 정하지 못했다. 누가 시킨 일은 확실하게 해냈지만 자기가 해야 할 일은 스스로 생각해 낼 수가 없었던 것이다. 한마디로 그는 자발적으로 일하는 것이 불가능했다.

잃어버린 기억도 전혀 돌아오지 않을뿐더러, 때때로 엄청난 두통에 시달리기도 했다. 가족은 그런 센지로의 응석을 그저 받아 줄 수밖에 없었다. 특히 어머니인 다에는 아들에게 무리하지 않아도 된다는 말만 계속했다.

"살아남아 준 것만으로도 충분해. 너는 그저 느긋하게 지내면 된단다. 가게 일은 우리에게 맡기고 너는 네가 좋아하는 일만 하렴."

가족이 그렇게 말해 주니 센지로도 별생각 없이 그 말에 따르기로 했다. 그 이후로 센지로의 백수 생활은 계속 이어졌다.

그날도 센지로는 느지막이 아침밥을 먹고 다들 바쁘게 일하는 가족들을 뒤로한 채 외출하기로 했다. 센지로는 부모로부터 용돈을 풍족하게 받았지만 여자 놀음이나 도박 같은 것은 절대 하지 않았다.

센지로가 좋아하는 것은 바둑이었다. 바둑 모임에 열심히 얼굴을 비추었고 이따금씩 대국을 벌이기도 했다. 미지근한 목욕물에 몸을 담그고 있는 것처럼 기분이 좋으면서도 지루한 나날들. 그런 하루하루 속에서 바둑을 두는 순간만큼은 '살아 있다'는 느낌이 들었다.

특히 강한 상대를 만나면 머릿속이 팽팽 돌고는 했다. 그렇게 피가 맹렬하게 흐르는 감각이 좋아서 견딜 수 없었다.

오늘 만남의 장소는 찻집 스즈메야 이 층이었다. 이 층으로 올라간 센지로는 무심코 빙긋 웃었다.

"아아, 긴코 씨. 기다리고 계셨군요."

"물론이지. 자네와 바둑을 두는 건 언제나 즐거우니까 말이야."

그렇게 대답한 사람은 작은 몸집의 노파였다. 이름은 긴코. 여기저기에 공동주택을 소유하고 있는 임대업자였다. 만듦새가 좋은 차분한 색감의 기모노에 세련된 겉옷을 어깨에 걸치고, 손에는 가느다란 은 곰방대를 들고 있었다. 주름이 가득한 얼굴에서는 품격이 느껴졌지만 눈빛만큼은 날카롭고 위압적인 분위기를 띠고 있었다. 도저히 노파라고는 생각되지 않는 관록을 뿜어내는 사람이었다.

그래서인지는 모르겠지만 긴코가 모습을 드러내면 주변 사람들은 살그머니 사라졌다. 갑작스럽게 배가 아프다거나 볼일이 생각났다는 등의 핑계를 둘러대면서.

하지만 그 모든 것에 둔감한 센지로에게 이 노파는 그저 좋은 바둑 상대일 뿐이었다. 그 마음이 긴코에게도 전해졌기 때문일까. 긴코는 센지로를 무척 마음에 들어 하며 귀여워해 주었다.

센지로는 방긋방긋 웃으면서 서둘러 긴코의 앞자리에 앉았다. 그는 내친 김에 옆에 있는 덩치 큰 남자들에게도 인사를 건넸다.

"안녕하세요, 다쓰키치 씨, 미노스케 씨."

두 남자가 꾸벅 마주 인사를 했다. 두 사람의 얼굴은 몇 번을 보아도 잘 구별이 되지 않았다. 다부진 몸매부터 무표정한 얼굴까지, 정말이지 똑 닮은 쌍둥이였다.

이 쌍둥이는 긴코의 손자들로, 그녀가 가는 곳이라면 어디든지 따라다니는 모양이었다. 알고 지낸 지 꽤 오래되었음에도 아직까지 누가 다쓰키치이고 누가 미노스케인지 센지로로서는 구별할 길이 없었다.

긴코가 센지로를 향해 담배 연기를 뿜으며 짧게 말했다.

"오늘은 한 시간 정도 할 수 있어."

"고작 한 시간이요? 긴코 씨는 늘 바쁘시네요."

"뭐, 그런 편이지. 내가 없으면 정리가 안 되는 일이 많아서 말이야. 그러니까 빨리빨리 좀 부탁해."

"좋지요."

딱, 딱, 소리를 내며 두 사람은 바둑을 두기 시작했다. 센지로는 깊게 생각하지 않고 재빠르게 손을 놀렸다. 하지만 어젯밤 꿈이 자꾸만 머릿속에 맴돌아서 도저히 집중할 수가 없었다. 센지로가 연거푸 지자 긴코가 어이없다는 듯이 말을 꺼냈다.

"센지로, 자네 뭔가 고민이라도 있는 것 아닌가?"

"네?"

"오늘은 계속해서 바보 같은 수만 두니까 말이야. 이 바둑

판 위를 보기만 해도 자네 머릿속이 엉망으로 흐트러졌다
는 걸 알겠군. 대체 무슨 일이야?"

"저, 그게…… 같은 꿈을 계속 꾸는 것이 좀 마음에 걸려
서요."

"꿈?"

"네, 요즘 밤마다 똑같은 꿈을 꿔요. 악몽은 아니지만 그
렇다고 기분 좋은 꿈도 아니니까요."

센지로는 긴코에게 그 꿈에 대한 이야기를 해 주었다.

"그런 꿈이에요. ……저는 전혀 본 기억이 없는 아이인데
그쪽은 저를 알고 있는 것 같았어요. 그게 확실하게 느껴졌
지요. 저에 대해서 알고 있고 게다가 도움을 청하고 있었어
요. 그게 저를 초조하게 만들어요. 게다가 똑같은 꿈을 연이
어 꾸다니, 지금까지는 없었던 일이라 왜 그런지 궁금하기
도 하고요."

"흐음. ……꿈이라는 건 절대 얕볼 수 없는 것이지. 어때,
그 꿈의 수수께끼를 풀고 싶은가?"

"그야 당연히 풀고 싶지만…… 무슨 말씀이에요? 점쟁이
한테 물어보기라도 하라는 말씀인가요?"

"바보 같은 소리 하지 말게. 나는 점 따위는 믿지 않아. 그
보다 더 확실한 방법을 알고 있지."

탁, 하고 곰방대의 담뱃재를 턴 긴코는 옆에 앉아 있던 쌍

둥이를 돌아보았다.

"다쓰키치, 미안하지만 햐쿠를 이리로 데리고 와 줘."

쌍둥이 중 한 명이 고개를 끄덕이더니 훌쩍 일어서서 방을 나갔다. 그리고 잠시 뒤 웬 여자 하나를 데리고 돌아왔다. 화장기가 전혀 없는 여자의 얼굴은 나이가 조금 있어 보였다. 눈이 나쁜지 왼쪽 눈에는 검은 안대까지 하고 있는 모습이었다.

매끈하고 갸름한 얼굴이 꽤 단정해 보였지만 지금은 땀으로 흠뻑 젖어 있었다. 폐가 찢어질 듯이 하아, 하아, 하고 숨을 내쉬는 모습으로 보아 서둘러 달려온 모양이었다.

"아, 아, 아주머니. 저, 저한테 무, 무슨 볼일이세요?"

숨을 헐떡이며 말하는 여자를 보며 긴코는 어이없다는 듯이 대꾸했다.

"뭐야, 금방이라도 죽을 것 같은 꼴을 하고선. 술만 마시고 집에서 뒹굴거리기나 하니까 그렇게 되는 거야. 우리 손자들을 좀 보고 배우지 그래?"

긴코의 말대로 여자를 데려온 다쓰키치는 땀 한 방울 흘리지 않았고 가쁜 숨을 몰아쉬지도 않았다. 하지만 이렇게 다부진 남자와 여자를 비교하는 것은 너무한 게 아닌가, 하고 센지로는 생각했다.

그때 긴코가 센지로를 바라보았다.

"센지로, 여긴 햐쿠야. 내 건물에 세 들어 사는 아이인데, 분실물 가게를 하고 있어. 조금 신기한 힘을 가지고 있으니 어쩌면 자네 꿈의 비밀을 풀어 줄 수 있을지도 몰라."

"저, 정말이요?"

"그래. 어때, 햐쿠. 할 거지? 의뢰를 받아들일 거지?"

긴코가 눈길을 주자 햐쿠라고 불린 여자는 덜걱덜걱 소리가 날 정도로 거세게 고개를 위 아래로 흔들며 대답했다.

"할게요! 뭐가 뭔지는 잘 모르겠지만, 아주머니의 부탁을 거절할 수 있을 리가. 아니, 아, 아무튼, 하고말고요!"

"그래야지. 일이 끝나면 수고비는 나한테 청구해. 그럼 나는 이제 돌아가야겠군. 이제부터는 둘이서 이야기를 나누고. 어디 좋을 대로 해 봐."

긴코는 작은 몸을 힘차게 일으켜 방을 나섰다. 덩치 큰 쌍둥이도 그녀의 뒤를 따랐다. 그렇게 방에는 센지로와 여자 이렇게 둘만 남게 되었다.

후우, 하고 햐쿠가 크게 숨을 내뱉었다.

"아아, 뭐야! 긴코 할멈이 부른다는 말을 듣고 심장이 멎는 줄만 알았네. ……어쨌든 다행이야. 나도 모르게 뭔가 할멈을 화나게 한 게 있나 싶어서 간담이 다 서늘했네. 아아, 젠장. 정말이지 사람을 들었다 놨다 한다니까."

그렇게 중얼거린 다음, 탁자 위에 놓여 있던 센지로의 차를 멋대로 벌컥벌컥 들이켜는 햐쿠. 태도도 말씨도 조금 전과는 마치 다른 사람인 듯 난폭해졌다. 아무래도 긴코 앞에서는 양의 탈을 쓰고 있는 모양이었다. 이런 여자를 상대하는 것은 처음이라 센지로는 약간 당황했지만 이윽고 넌지시 말을 걸었다.

"그런가요? 전 긴코 씨를 무척 친절한 할머님이라고 생각하는데요."

"……혹시 당신, 알고 보니 엄청난 거물인 거 아냐?"

괴물이라도 보는 듯한 눈길로 바라보기에 센지로는 고개를 갸웃했다. 그런 센지로에게 햐쿠는 어깨를 으쓱해 보였다.

"뭐, 상관없어. 할멈한테 분부를 받은 이상, 확실하게 당신의 고민을 해결해야 하니까. 안 그러면 산 채로 가죽이 벗겨지고 말 거야. 그래서? 뭐가 문제인데?"

"아, 네, 사실은 제가 매일 밤 똑같은 꿈을 꿔요."

센지로는 최대한 자세하게 꿈의 내용을 설명했다.

"매일 밤 같은 꿈을 꾼다. 단지 그것뿐이지만 아무래도 자꾸만 마음에 걸려요. 특히 꿈에 나오는 여자아이가……. 이상한 소리를 한다고 생각하시겠지만, 저는 그 아이를 도와주고 싶어요."

햐쿠는 웃지 않았다. 오히려 진지한 표정으로 고개를 끄덕였다.

"흐음, 긴코 할멈의 부탁이라고 해서 어지간히 성가신 이야기일 거라 생각했는데 그거라면 뭐. 어떻게든 해결할 수 있을 거야. ……당신, 이곳을 나간 다음 따로 볼일이 있나? 한가하다면 잠깐 우리 집까지 같이 가 줬으면 하는데."

"괜찮습니다만, 왜죠?"

"여기서는 차분하게 일을 할 수가 없어서 말이야. 자, 어서 가자. 그러니까 이름이……."

"센지로라고 합니다."

"흐음, 센지로 씨라……. 이미 알고 있겠지만 나는 햐쿠야. ……아까부터 궁금했는데 당신이랑 긴코 할멈은 무슨 인연이 있는 거야?"

"아, 네. 바둑 친구입니다."

"바둑 친구? 다, 당신, 긴코 할멈이랑 바둑을 둔다고? 그 할멈이랑 마주 보고?"

"네, 바둑은 원래 그렇게 두는 거잖아요."

"……당신, 역시 거물이었군."

이번에는 진심으로 감탄한 듯 중얼거리는 햐쿠였다.

그렇게 센지로는 햐쿠를 따라 괴물 공동주택에 처음 발을 들여놓게 되었다. 괴물 공동주택 특유의 불길한 분위기에도 센지로는 전혀 주눅 들지 않았다. 그저 느긋한 표정으로 이렇게 말했을 뿐이었다.

"공동주택치고는 조용한 곳이로군요. 마치 사람이 살지 않는 곳 같아요. 햐쿠 씨, 이런 곳에 살면 외롭지는 않으신가요?"

"뭐, 일단은 혼자 사는 게 아니라서 말이야."

"아, 남편분이 계신가요?"

"말도 안 되는 소리. 그냥 군식구 꼬맹이가 하나 얹혀살고 있을 뿐이야. 아아, 저기, 저기가 우리 집이야."

그때 햐쿠가 손가락으로 가리킨 집에서 문이 드르륵 열리더니 오동통한 남자아이가 뛰쳐나왔다. 햐쿠를 보자마자 남자아이는 눈물을 팡 터뜨렸다.

"아아, 다행이다! 햐쿠 씨, 무사했군요! 모, 몸은 괜찮아요? 어디 잘리거나 하지는 않은 거죠?"

햐쿠는 오두방정을 떨며 들러붙는 남자아이의 이마에 딱, 하고 꿀밤을 먹였다.

"이 야박한 놈! 그렇게 걱정됐으면 뒤따라오든가 뭐라도 했어야지!"

"하, 하지만 그 집주인을 만나야 한다고 생각하니 도무지, 도무지 발길이 떨어지지 않았단 말이에요오……. 아아, 그래도 정말 다행이야! 햐쿠 씨가 틀림없이 집주인을 화나게 할 만한 짓을 저질러서 불려 간 거라고 생각했어요. 그야말

로 사지 멀쩡하게 돌아오기는 글렀구나 싶어서 얼마나 걱
정했다고요."

"흥, 멍청한 녀석. 내가 그런 실수를 할 리가 없잖아? 나한
테 일을 맡기려고 부른 거야. 자, 손님이 왔으니까 빨리 차
라도 내와."

"앗, 네!"

남자아이는 허둥지둥 집으로 다시 들어갔다. 햐쿠가 센지
로를 돌아보았다.

"바로 저 아이가 우리 집 군식구야. 이름은 고게차마루라
고 하는데, 그렇게 신경 쓰지 않아도 돼. 자, 들어가자."

"아, 네."

갑자기 시끌벅적해진 분위기에 다소 당황하면서 센지로
는 햐쿠의 집으로 들어갔다.

허름한 공동주택답게 실내는 좁았지만 안은 깨끗하게 정
돈되어 있었다. 고타쓰에도 불이 들어가 있어 후끈한 공기
가 감돌았다. 안심한 듯 깊은 숨을 내쉬는 센지로의 앞으로
조금 전 만났던 고게차마루가 찻잔을 척 내밀었다.

"아, 잘 마실게. 고마워."

"아니에요. ……손님은 좋은 사람이네요."

"뭐?"

"그게, 차만 냈을 뿐인데 감사 인사를 하니까요. 어디 사

는 누구 씨랑은 완전 다른 것 같아서요."

고게차마루의 뼈 있는 말에 햐쿠가 켁, 하는 소리를 냈다.

"차 정도로 일일이 감사 인사를 했다가는 고마운 마음도 옅어진다고. 나도 꼭 필요하다 싶을 때는 제대로 감사 인사를 하잖아? 자, 넌 이제 안에 들어가 있어."

고게차마루를 방구석으로 밀어낸 햐쿠가 센지로를 똑바로 바라보았다.

"그럼 센지로 씨, 지금부터 당신은 잠을 좀 자야겠어."

"네?"

"당신이 말했던 그 꿈을 꾸는 거야. 단, 이번에는 나도 같이 그 꿈속으로 들어갈 거야."

"그, 그런 일이 어떻게……."

"가능해. 나한테는."

그렇게 말하며 햐쿠는 안대를 풀었다. 곧이어 드러난 푸른빛의 왼쪽 눈과 마주한 센지로는 헉, 하고 숨을 들이켰다.

"……예쁘네요."

"……당신, 역시 특이하네."

아주 싫지만은 않은 표정으로 햐쿠는 센지로의 양손을 잡고 그의 가느다란 손가락을 휘감았다. 그러고는 불쑥 몸을 가까이 했다.

두 사람의 얼굴이 거의 닿을 듯이 가까워지자, 센지로는 가슴이 두근거렸다. 햐쿠의 푸른 눈에서 눈을 뗄 수가 없었다. 자신을 집어삼킬 듯이 깊고 푸른 눈 속으로 뛰어들고 싶은 심정이었다. 그 마음을 읽기라도 한 듯 햐쿠가 속삭였다.

"좋아, 내 눈을 샘이라고 생각해. 그리고 그 안으로 뛰어드는 자신을 떠올려 봐. 할 수 있지? 그리고 꿈속의 여자아이를 만나고 싶다고 간절히 바라는 거야. 자, 이리 와. ……이리로."

햐쿠의 마지막 목소리는 무척이나 달콤했다. 그 목소리에 이끌리듯 서서히 센지로는 자신의 마음을 불러일으켰다.

그리고…….

문득 정신을 차렸을 때 센지로는 자신의 꿈속에 있었다. 눈앞에 흰 모래사장과 거친 바다가 보였다. 단지 평소와 다른 점이 있다면 센지로 옆에 햐쿠가 함께 서 있다는 것이었다. 정말로 꿈속에 함께 들어온 것이다.

놀라서 말도 채 나오지 않는 센지로에게는 눈길도 주지 않은 채, 햐쿠는 바다를 빤히 바라보았다.

"묘한 풍경이네. 백사장은 깨끗한 데다 햇살도 밝게 내리쬐는데 바다는 거칠고 어두워. 마치 낮과 밤으로 나뉘어 있는 것 같아."

"햐, 햐쿠 씨…… 이제 어떻게 하죠?"

"어떻게 하긴. 우선은 그 여자아이를 내 눈으로 직접 봐야…… 아아, 저건가?"

햐쿠의 말대로 파도 사이에서 그 소녀가 모습을 드러냈다. 소녀는 슬픔이 배어나는 상처투성이 얼굴로 애처롭게 몸을 떨면서 센지로를 향해 손을 뻗고 있었다. 그걸 본 순간, 센지로는 평소처럼 머리가 새하얘졌다.

구해야 돼.

햐쿠가 옆에 있다는 사실도 잊은 채 센지로는 바다를 향해 돌진했다. 하지만 이번에도 발이 모래에 붙들리고 말았다. 필사적으로 버둥거리면 버둥거릴수록 몸은 점점 더 깊이 모래 속으로 푹푹 빠지고 말았다. 마치 개미지옥처럼.

이번에도 안 되는 건가, 하고 절망하며 센지로는 소녀를 바라보았다. 처참한 상처로 뒤덮인 앳되고 작은 얼굴. 매달리는 듯한 눈길. 꽁꽁 얼어 새파래진 입술이 희미하게 움직이고 있었다. 무어라 말하고 있는 것이었다. 무슨 말을 하는 건지 들어 보려 애썼지만 거친 파도 소리 때문에 들리지 않았다.

그때 햐쿠가 움직였다. 모래에 빠진 센지로 옆을 성큼성큼 지나쳐 소녀를 향해 다가갔다. 소녀와 두세 마디 말을 나누는가 싶더니 무언가 받아 들고는 센지로의 곁으로 돌아왔다.

"햐, 햐쿠 씨!"

"저 아이가 뭘 원하는지 알아냈어. ……찾아 달래."

"찾아요? 뭘요? 아아, 그보다 빨리 저 아이를 바다에서 끌어내 주세요! 저쪽에서 큰 파도가 다가오고 있어요!"

"……구할 수 없어. 저 바다는 황천의 것이야. 저 안에 있는 자를 끌어내는 일은 불가능해."

"황천?"

"이제 깨달을 때도 되지 않았나? 긴코 할멈의 일도 그렇고 당신은 정말 둔감한 사람이군."

"대체 무슨 소리를…… 앗! 아아앗!"

센지로가 비명을 질렀을 때는 이미 파도가 소녀를 집어삼키고 난 후였다. 하지만 햐쿠는 미동도 없이 센지로와 바다 사이를 가로막듯 서 있었다.

"자, 이제 저쪽은 신경 쓰지 않아도 돼. 그보다 혹시 이걸 본 기억이 있나?"

햐쿠의 손바닥에는 분홍색 꽃조개가 놓여 있었다. 살랑거리는 꽃잎 같은 그 조개를 보자 센지로의 머릿속에 격렬한 통증이 일었다.

"으, 으으윽!"

고통에 몸부림치던 센지로는 눈을 떴다. 그는 지금 자신이 어디에 있는지 곧바로 떠올릴 수 없었다. 아무튼 머리가 아파 왔다. 뇌가 부글부글 끓어오르는 것만 같았다. 그런 센지로에게 고게차마루가 물을 가져다주었다. 물을 마시자 다행히도 고통은 가라앉았다.

센지로는 신음하며 햐쿠를 바라보았다. 햐쿠 역시 물을 벌컥벌컥 마시고 있었다. 누군가의 꿈속에 들어간다는 것은 신비한 눈을 지닌 햐쿠에게도 무척 힘든 일인 모양이었다. 눈 밑에는 조금 전까지 없었던 그늘이 어렴풋이 떠올라 있었다.

센지로는 주위를 두리번거렸지만 햐쿠가 보여 주었던 꽃조개는 보이지 않았다. 아니, 생각해 보면 당연한 일이다. 꿈속에서 본 것을 현실로 가지고 올 수는 없으니까. 그럼에도 그 꽃조개가 신경이 쓰인 센지로는 결국 입을 열었다.

"그 꽃조개는⋯⋯."

"아아, 그거? 그 아이가 줬어. 찾아 줬으면 하는 것의 단서인 모양이야."

"⋯⋯꽃조개가 단서?"

"게다가 한 가지는 확실해졌어. 그건 단순한 꿈이 아니야. 저세상으로 간 자가 남긴 미련이지."

"저, 저세상이라고요?"

"그래. 당신, 귀신한테 홀린 거야."

귀신이라는 말에 뒤에서 듣고 있던 고게차마루가 펄쩍 튀어 올랐다. 그리고 얼굴이 순식간에 창백해졌다. 센지로 역시 새파랗게 질린 얼굴이었다.

"그 아이가…… 죽은 자의 영혼이라는 말인가요?"

"맞아. 하지만 악령 같은 건 아닌 모양이니까 굿을 할 필요는 없어. 그저 당신에게 부탁이 있어서, 그 때문에 밤이면 밤마다 당신 꿈에 나온 것이겠지."

"부탁이라니, 꽃조개를 찾아 달라는 것일까요?"

"그건 아직 몰라. ……아무래도 그 아이는 당신과 인연이 있는 모양이야. 정말로 본 기억이 없어?"

"……글쎄요."

"글쎄라니? 확실하게 말해 봐."

"……저는 사실 기억을 조금 잃었습니다."

센지로는 몇 년 전에 자신이 물에 빠져 죽을 뻔했던 일, 얼마간의 기억을 잃어버린 일을 모두 털어놓았다. 이야기를 다 듣자마자 햐쿠는 아깝다는 듯이 무릎을 탁 쳤다.

"왜 그 얘기를 진작에 해 주지 않은 거야! 내가 미리 알았더라면 방금 전에 당신의 그 잃어버린 기억까지 찾을 수 있었을 텐데. 아아, 정말 아깝군! 뭐, 귀찮지만 하는 수 없지. 자자, 아까처럼 내 손을 잡아 봐. 그리고 마찬가지로 내 눈을 보는 거야. 단, 이번에는 꿈 같은 쓸데없는 건 절대 생각하지 마. 그저 내 눈에만 집중해야 돼."

그렇게 센지로는 오묘한 빛을 내뿜는 햐쿠의 새파란 눈을 다시 한번 들여다보게 되었다. 깊은 파랑이 센지로를 향해 조용히 스며들어 왔다. 순식간에 마음이 빨려 들어간 센지로는 잠시 정적 속을 떠돌았다.

그러다 어느 순간 그 정적이 깨졌다.

"어머, 센 씨. 이거 봐. 벚꽃 잎이야. 어딘가에서 바람에 실려 날아왔나 봐."

웃음을 머금은, 부드러운 여자의 음성. 그리움이라는 감정이 느껴진 순간, 눈앞에 환한 공간이 펼쳐졌다.

그곳은 작은 손님방이었다. 주반[10] 차림의 젊은 여자가 창가에 서서 웃고 있다. 그 손바닥에는 벚꽃 잎이 한 장 놓여 있었다.

"자, 센 씨. 이것 좀 봐."

"어디 보자."

센지로는 여자에게 다가가 꽃잎을 들여다보았다. 그러더니 곧 여자의 허리에 팔을 감고 와락 끌어당겼다. 여자가 큭큭 웃었다.

"후후후, 센 씨도 참."

"뭐 어때. ……예쁘네. 나는 벚꽃이 제일 좋더라. 딸이 태

---

10. 기모노 안에 받쳐 입는 속옷

어나면 사쿠라[11]라고 이름을 짓고 싶어."

"사쿠라? 후후, 어여쁜 이름이네. 만약 아이가 못생기기라도 했다가는 이름이랑 비교돼서 가엾겠는걸."

"그럴 일은 없을 거야. 나랑 고유키의 딸인걸. 반드시 미인이 될 게 분명해."

여자의 얼굴에서 웃음기가 사라졌다. 여자가 도망치듯 센지로에게서 몸을 떼려고 했지만 그는 팔에 힘을 주며 놓아주지 않았다.

"센 씨……."

"소중히 대할게. 내가 소중하게 지켜 주고 싶어. ……이렇게 가끔 시간에 쫓기듯 만나는 것만으로는 이제 견딜 수가 없어. 같이 도망가지 않을래?"

"……그 사람에게 들키면 죽을 거야."

"어차피 우리 사이는 조만간 들통나게 되어 있어. 그러니까 죽기 전에 도망치자. 가마쿠라의 유이가하마에 내 친척이 살고 있어. 일단 그곳에 몸을 숨기는 거야. ……나도 아직 가 본 적은 없지만 좋은 곳이래. 유이가하마에는 말이야, 해안가에 꽃조개가 밀려온다고 해. 우리 함께 바다에서 온 꽃조개들을 주워 모으자. 아이도 낳고 정식으로 부부가 되

---

11. 벚꽃이라는 뜻

는 거야. 내가 아내를 맞는다면 그건 바로 고유키야. 고유키
가 아닌 사람은 생각할 수가 없어. 부탁이야."

센지로가 끈질기게 설득하자 여자는 눈물을 보이며 그에
게 안겼다. 여자를 꽉 안아 주며 센지로는 속삭였다.

"전부터 계속 생각했어. 어떻게 해야 무사히 도망칠 수 있
을까, 하고. ……사흘 뒤 밤에 오세 다리 쪽으로 와 줘. 그곳
에 신발과 옷을 벗어 두고 도망치는 거야. 우리가 강에 뛰어
들어 자살한 것처럼 위장하는 거지. 그 남자가 아무리 집착
이 심하다고 해도 죽은 자를 쫓을 수는 없을 테니까, 분명
포기할 거야. 그리고 세간의 관심이 사그라들 때까지 유이
가하마에서 지내면 돼. 괜찮아. 분명 잘될 거야."

"……응, 그렇게 하자."

"자, 이제 울지 마. 알았지?"

센지로가 입을 맞추려 하자 여자의 몸이 공기 중에 사르
르 녹아들 듯 사라졌다.

깜짝 놀라 주위를 둘러보니 어느새 밤이 되어 있었다. 센
지로는 홀로 어두운 다리 위에 서 있었다.

그렇다, 그는 지금 고유키를 기다리고 있는 것이다. 오늘
밤 여기서 둘이 함께 자살한 것처럼 꾸민 뒤, 몰래 함께 도
망칠 생각이다. 품속에는 가게에서 가져온 스무 냥도 들어
있었다. 모든 게 계획대로였다. 이제 고유키만 오면 된다.

흥분과 두려움에 몸을 떨면서 센지로는 그저 기다렸다. 그때 어둠 속에서 낮은 목소리가 들려왔다.

"······안녕, 도련님."

다리 저편에서 모습을 드러낸 것은 센지로가 이 세상에서 가장 만나고 싶지 않은 남자였다. 고리대금업자 곤파치. 성질이 난폭하고 돈을 밝히며 질이 좋지 않은 놈들과도 인연이 깊은 자. 한번 노린 먹잇감은 꼭 물고 놓지 않는 것으로도 유명했다. 이 남자 때문에 죽은 사람이 스무 명도 넘을 것이다.

그래서일까. 올해로 서른두 살이 된 그는 남자로서 한창인 나이에다 꽤 남자다운 외모를 가졌음에도 불구하고 어딘지 모르게 섬뜩한 분위기를 풍겼다.

곤파치는 다리를 건너 한 발짝씩 센지로를 향해 다가왔다. 입가에 옅은 미소가 걸려 있었지만, 눈에는 푸르스름한 살기가 번뜩이고 있었다. 한순간이지만 센지로는 피비린내를 맡은 기분이었다.

머릿속에서는 빨리 도망가야 한다고 외치고 있었다. 하지만 몸은 점점 움츠러들었고 손가락 하나 까딱할 수 없었다. 곤파치는 센지로의 눈앞까지 다가왔고, 뱀처럼 목을 앞으로 뻗더니 센지로를 찬찬히 들여다보았다.

"감히 내 여자한테 손을 대다니 나를 바보로 본 모양이로

구만, 응? 꼬맹아. 샌님 주제에 건방을 떨다니……. 설마 들키지 않을 거라고 생각한 건가? 그래, 앞으로 어쩔 셈이었는지 변명할 말이 있다면 들어는 주지."

자신을 놀리는 듯한 그의 목소리에 센지로는 갑자기 분노를 느꼈다. 그는 공포를 애써 억누르면서 곤파치를 쏘아보았다.

"나, 난 원래부터 고유키와 사귀고 있었어. 그런데 부모의 빚을 대신 갚으라면서 당신이 억지로 고유키를 첩으로 삼은 거잖아!"

"그래, 그게 어쨌다는 거지? 어쨌든 그 여자는 내 거야. 그걸 미련스럽게도 훔쳐 먹다니 용서할 수 없지. 네 녀석도, 고유키도."

곤파치의 입에서 고유키의 이름이 나오자 센지로는 흠칫했다. 히죽히죽 웃고 있는 그의 얼굴은 어느덧 악의로 가득 차 있었다. 그전까지와는 또 다른 공포가 치솟았다.

"고, 고유키는 어디 있지?"

"으응~?"

센지로를 더 약올리려는 듯 곤파치는 자신의 턱을 매만졌다. 그의 기분 나쁜 웃음이 한층 깊어졌다.

"고유키는 내 마음에 아주 쏙 드는 여자였는데 말이야. 아직 충분히 맛도 보지 못했는데 이미 다른 놈의 침이 묻었다

고 하니 아무리 나라도 손 댈 마음이 영 안 생기지 뭐야. 이
왕 이렇게 됐으니 하는 수 없이 그 여자의 얼굴을 난도질해
줬지."

"뭐, 뭐라고……!"

"처음에는 질질 짜다가 나중에는 죽은 것처럼 입을 다물
고 움직이지 않더군. 그러고 있으니 괴롭히는 것도 재미가
없어져서 그냥 강에다 던져 버렸어. 왜, 불쌍한가? 이게 다
너 같은 놈과 어울린 탓이잖아, 이 꼬맹아."

"……아, 아아."

센지로는 온몸에 힘이 빠져 그 자리에 주저앉고 말았다.

죽었다. 고유키가 죽었다. 얼굴을 난도질당하고 그것도
모자라 강에 내던져지다니. 구하지 못했다. 함께 행복해지
기로 약속했는데. 이럴 바에야 어설픈 잔꾀는 부리지 말고
차라리 억지로라도 데리고 도망칠 걸 그랬다. 어디서부터
잘못된 거지? 어째서, 어째서!

혼란스러운 나머지 눈물도 나오지 않았다. 그런 센지로의
등 뒤로 곤파치가 다가왔다.

"고유키는 바로 이 강 하류에 던졌어. 아마도 지금쯤 추
워, 외로워, 하면서 물속에서 울고 있겠지? 저승길을 홀로
보내기는 가엾지 않나? 네놈이 같이 가 줘야지. 그 정도의
성의는 보여야 하지 않겠어?"

곤파치는 나까지 저 강물 속에 처넣을 생각인 거야.

그렇게 깨달은 순간, 센지로는 모든 것을 잊고 튕겨나가 듯이 일어섰다. 그러고는 그 기세 그대로 곤파치에게 덤벼 들었다.

"무슨 짓이야!"

"자, 잘도! 잘도 그런 짓을!"

"봐, 이 자식!"

평소였더라면 거친 일에 익숙한 곤파치에게 센지로가 먼 저 덤벼들 리 없었다. 하지만 고유키를 죽였다는 사실을 알 게 된 지금은 센지로 스스로도 놀랄 정도의 힘이 그 안에서 솟구쳤다.

이놈을 이대로 살려 둘 수는 없어.

센지로는 오로지 그 일념만으로 자신의 양팔로 곤파치의 몸을 뒤에서 꽉 조르듯 붙잡아 다리 가장자리를 향해 필사 적으로 질질 끌고 갔다. 센지로를 얕보았던 곤파치의 얼굴 에 처음으로 당황과 공포의 빛이 떠올랐다.

"자, 잠깐, 이 자식! 장난치지 마! 그만둬!"

"……."

"잘못했어! 내가 잘못했다고! 자, 잠깐 진정해 봐. 으, 으 아아아악!"

센지로는 다리 난간 바깥쪽으로 몸을 젖히고는 곤파치를

끌어안은 채 강물 속으로 몸을 던졌다. 물에 빠진 후에도 이를 꽉 깨물고 곤파치를 놓지 않았다.

죽어! 빨리 죽어 버려!

그의 바람이 이루어진 듯, 격렬하게 몸부림치던 곤파치의 움직임이 둔해지더니 이내 몸에서 힘이 쭉 빠지는 것이 느껴졌다. 하지만 그 무렵 센지로의 몸도 이미 한계에 다다라 있었다. 물을 잔뜩 마신 것이다. 고유키가 흘린 눈물이라도 섞여 든 것일까? 왠지 모르게 물이 짜게만 느껴졌다.

보고 싶어. 보고 싶어, 고유키. 나 여기 있어. 고유키도 여기 있다면 마중을 나와 줘. 아니면 내가 데리러 갈게. 어디 있어?

그런 생각을 하는 사이, 센지로는 정신을 잃었다. 하지만 그는 죽지 않았다. 운 좋게도 강가로 떠밀려 온 것이다.

가족의 극진한 간호로 결국 센지로는 눈을 떴다. 고유키에 관한 기억을 전부 잃고 그저 과자 가게의 둘째 도련님으로 눈을 뜬 것이다…….

"으, ㅇㅇㅇㅇㅇ……."

센지로는 신음소리를 흘리며 다다미 위에서 몸을 웅크렸다. 격렬한 두통이 휘몰아치는 가운데, 순식간에 기억이 선명하게 되살아났다. 잊힌 기억이 마치 홍수처럼 밀려왔다.

고유키. 그래, 내가 사랑한 여자. 그 작은 찻집의 예쁜 여자를 처음 본 순간부터 사랑하게 되었지. 하지만 그녀의 부모가 진 빚 때문에 눈앞에서 빼앗기고 말았어. 하지만 그녀를 도저히 포기할 수가 없어서 곤파치의 눈을 피해 그녀와 몇 번이나 밀회를 가졌지. 그리고 이번에야말로 고유키를 되찾아 오겠다고 결심했는데 또다시 잃고 말았구나.

견딜 수 없는 괴로움에 하염없이 눈물이 났다.

한편, 센지로에게서 몸을 뗀 햐쿠도 무척이나 괴로운 듯 왼쪽 눈을 누르며 얼굴을 찌푸리고 있었다. 고게차마루가 젖은 손수건을 슬쩍 내밀자 곧바로 그것을 왼쪽 눈에 가져다 댔다.

"괜찮아요, 햐쿠 씨?"

"그래, 늘 있는 일이야. 힘을 너무 많이 써서 눈이 욱신거리는군."

"저기, 이쪽 손님은……."

"그냥 잠깐 내버려 둬. ……나도 봤지만 떠올린 기억이 기분 좋은 것만은 아니었으니까."

햐쿠의 목소리에는 안타까움이 배어 있었다. 햐쿠의 말대로 센지로가 제정신을 차리기까지는 시간이 조금 걸렸다. 센지로의 눈은 붉게 부어올라 있었다. 곧 정신을 차린 센지로는 고개를 들고 햐쿠와 마주 앉았다.

"정말 감사합니다."

"좀 진정이 됐나?"

"네, 무슨 일이 있었던 간에 잊어버렸던 기억을 되찾게 되어서 정말로 다행이에요. 그 녀석은…… 곤파치는 어떻게 됐습니까?"

"아아, 그거라면 걱정할 필요 없어. 그 녀석은 사 년 전에 익사체로 발견되었으니까……. 당신, 뜻을 이루었군."

"……그랬군요."

곤파치가 죽었다는 소식을 들었음에도 센지로는 전혀 기쁘지 않았다. 고유키를 구하지 못했다는 후회만이 그의 마음속을 할퀴어 댔다.

고개를 숙인 센지로를 향해 햐쿠가 무언가 떠올랐다는 듯 말했다.

"나는 말이야, 살인자나 괴물 이야기를 다룬 가와라반을 꽤 꼼꼼히 읽어서 그 내용을 다 기억하고 있어. 곤파치에 대해서도 가와라반을 통해 익히 알고 있었지. 극악무도한 고리대금업자에게 드디어 천벌이 내려졌다면서 아주 잘되었다는 식으로 적혀 있었으니까. ……하지만 얼굴을 난도질당한 여자 시체에 대한 이야기는 읽은 기억이 없어."

"네?"

그 말은 무슨 의미일까? 고유키가 살아 있을지도 모른다는 뜻인가?

한순간 가슴이 요동쳤지만, 센지로는 바로 꿈을 떠올렸다.

"……꿈속의 여자아이는 고유키겠지요?"

"아아, 아마도."

"그럼 역시 죽었다는 거네요. ……저는 결국 쓸모없는 놈일 뿐이었어요."

"하지만 방금도 말했듯이 고유키 씨는 당신을 털끝만치도 원망하지 않아. 사 년이나 지나서 이렇게 당신의 꿈자리에 나타났다는 건 뭔가 다른 이유가 있어서일 거야. ……사랑했던 여자의 마지막 소원이잖아. 남자라면 끝까지 들어주는 게 좋지 않겠어?"

센지로는 당연하다는 듯 깊이 고개를 끄덕였다.

"물론 저도 그렇게 하고 싶습니다. 하지만 뭘 어떻게 하면 좋을지……."

"아이고, 정말 답답하네. 꿈속에서 그 아이가 꽃조개를 건네줬잖아. 그리고 사 년 전, 당신이 고유키 씨한테 뭐라고 했어? 유이가하마에는 꽃조개가 잔뜩 밀려오니까 함께 줍자고 했잖아!"

"유이가하마! 아아, 그렇구나! 그럼 그곳에 무언가 고유키의 미련이 남아 있다는 것이겠군요?"

"뭐, 그렇게 생각하는 게 맞겠지."

그렇다면, 하고 센지로는 기세 좋게 일어섰다.

"갈게요! 내일이라도 당장 출발하겠습니다! 아, 햐쿠 씨도 유이가하마까지 함께 가 주시겠어요?"

"에에엑?"

햐쿠는 있는 힘껏 얼굴을 찌푸렸다.

"싫어. 나는 여행을 좋아하지 않아. 걷는 것도 피곤하고 또 돈도 들고."

"물론 여비는 전부 제가 내겠습니다. 힘드시면 가마를 타고 가지요."

"……밤이 되면 여관에 묵고 또 술도 한잔 사 줄 건가?"

"물론이죠."

"그럼 가지."

햐쿠는 태도를 확 바꾸어 흔쾌히 말했다.

"아, 고게차마루, 너는 집을 보고 있어. 이번 일은 네가 그토록 싫어하는 유령 사건이니까 같이 가도 별로 좋은 꼴은 못 볼 거야. 그러니 여기 남아서 혼자 느긋하게 지내도록 해."

드물게 부드러운 말투로 말하는 햐쿠를 향해 고게차마루는 차가운 시선을 힐끗 보냈다.

"그렇게 말하고 제 눈이 닿지 않는 곳에서 배 터져라 술이나 마셔 델 작정이겠죠. 센지로 씨, 부탁이니까 햐쿠 씨가 술을 계속 달라고 해도 딱 두 병까지만 주셔야 해요."

"야, 이 녀석! 왜 쓸데없는 말을 하고 그래!"

햐쿠는 화를 내며 고게차마루에게 젖은 손수건을 집어던졌다. 하지만 그런 대화도 센지로의 귀에는 전혀 들어오지 않았다. 그의 마음은 이미 유이가하마로 날아가고 있었다.

유이가하마에는 분명 고유키가 남긴 것이 있을 거야. 그게 어떤 것이든, 이 두 손으로 건져 올려 받아들이자. 그것이 고유키를 구하지 못한 것에 대한 최소한의 속죄일 테니까.

"지금 갈게, 고유키."

센지로는 작게 중얼거렸다.

며칠 뒤, 센지로와 햐쿠는 가마쿠라의 유이가하마에 서 있었다. 완만하게 이어지는 긴 백사장. 흰 파도가 출렁이는 바다 위로 바닷새들이 이리저리 날아다녔고 연안에는 에노시마가 보였다. 더할 나위 없이 아름다웠다.

바닷바람을 맞으며 센지로는 가슴이 뭉클해졌다. 여행 중에는 한 번도 그 꿈을 꾸지 않았다. 하지만 이렇게 유이가하마에 도착하고서 다시금 깨달았다. 역시 고유키는 이곳으로 센지로를 불러들이고 싶었던 것이다. 지금 이 풍경에서 바다만 어둡고 거칠었다면 그야말로 꿈속에 나왔던 모습 그대로였다.

"도착했네요, 햐쿠 씨."

"그러네."

햐쿠의 목소리는 평소보다 훨씬 더 퉁명스러웠다. 어젯밤 몰래 술을 마신 탓에 아직 숙취가 남아 있는 모양이었다. 기분도 비위도 썩 좋아 보이지 않는 햐쿠의 얼굴은 쳐다보지도 않은 채 센지로가 물었다.

"이제 어떻게 하죠?"

"당신…… 스스로 생각하는 습관을 좀 들여 보는 건 어때."

"……으음."

"아휴, 답답하긴! 나는 저쪽에서 생선을 말리는 아주머니들에게 물어보고 올게. 당신은 당신대로 근처에 돌아다니는 꼬맹이들을 붙잡고 고유키 씨에 대해서 아는지 물어봐."

"아이들한테요?"

"그래, 아이들은 결코 무시할 수 없는 대상이야. 항상 여러 가지를 보고 있고 또 잘 알고 있지. 하지만 꼬맹이들은 날 싫어하니까 당신한테 맡기겠어."

마치 센지로를 버리고 가 듯이 햐쿠는 아주머니들이 있는 쪽으로 성큼성큼 향했다.

센지로는 약간 불안한 마음으로 백사장을 걷기 시작했다. 드문드문 아이들의 모습이 보였다. 아이들은 파도를 향해 달려가거나 작은 물고기를 쫓으며 놀고 있었다. 잽싸게 달리는 아이들은 붙잡을 수 없을 것 같아 그와 가장 가까이에 있던 한 여자아이에게 다가갔다. 그 아이는 홀로 쭈그리고 앉아서 모래를 파고 있었다.

아마 바지락이라도 찾고 있는 거겠지. 나이는 세 살이 조금 넘었을까.

어촌의 아이답게 허름한 기모노를 입고 있었고 피부는 햇빛에 그을려 가무잡잡했다. 센지로의 발소리를 눈치챘는지 아이가 얼굴을 들었다. 옷 밖으로 드러난 발과 팔과 마찬가지로 얼굴도 가맣게 그을러 있었다. 하지만 그 생김새는 무척 사랑스러웠다.

아이를 바라보던 센지로는 곧 깜짝 놀랄 수밖에 없었다. 아이의 얼굴에서 센지로를 푹 빠지게 했던 여자의 얼굴이 보이는 것이 아닌가. 큰 충격에 휘청거리는 몸을 이끌고 걸어가 아이 앞에 무릎을 꿇고 앉았다.

"너, 너는…… 이, 이름이 뭐니?"

"사쿠."

"사쿠……."

"응, 다들 그렇게 불러. 하지만 엄마는 달라. 나를 사쿠라라고 불렀어."

"……사쿠라. 그럼 나도 그렇게 부를게. 어, 엄마는? 사쿠라의 엄마를 만나고 싶은데 어디 있어?"

"……이제 없어. 죽었어."

그러더니 "이제 난 외톨이야." 하고는 얼굴을 엉망으로 일그러뜨리며 중얼거렸다. 그 모습에 센지로는 소녀를 와락 끌어안았다. 사쿠라의 작은 몸이 품속에 쏙 들어왔다. 센지로는 그게 또 사랑스러워서 견딜 수가 없었다.

갑자기 모르는 사람에게 안겼는데도 사쿠라는 울거나 버둥거리지 않았다. 그저 이상하다는 듯이 중얼거렸다.

"아저씨, 왜 울어?"

"기뻐서 그래. 사쿠라를 만나서 너, 너무 기뻐서……. 이제 넌 외톨이가 아니야. 내가 계속 옆에 있을게. 사쿠라를 지켜줄게. 반드시."

"응. ……나, 꽃조개를 찾고 싶어. 아저씨, 이제 놔줘."

"그래. 그 대신, 나도 같이 찾아도 될까?"

"좋아, 누가 더 많이 찾는지 내기하자."

놀이 상대가 생겨서 신이 났는지, 사쿠라는 웃으며 해변을 통통거리듯 뛰어다니기 시작했다. 센지로는 그 모습에서 눈을 뗄 수 없었다. 그의 눈에서는 하염없이 눈물이 흘러내렸다.

그때 햐쿠가 이쪽으로 다가왔다. 햐쿠가 먼저 입을 떼기도 전에, 센지로는 눈물로 엉망이 된 얼굴로 말했다.

"햐쿠 씨…… 찾았어요. 고유키의 미련을 찾았습니다."

"아아, 그런 것 같네. 나도 저쪽에서 여러 가지 이야기를 들었어. 고유키 씨는 삼 년 반 정도 전에 이곳에 왔다고 해. 그땐 이미 배가 부른 상태였다지. 이후 여기서 딸을 낳고 그대로 마을에 눌러앉았던 모양이야.”

“그랬군요. ……누, 누군가와 함께 살지는 않았다던가요?”

“얼굴이 상처투성이여서 남자들이 거들떠보지도 않았나 봐. 그래서 뜬소문 하나 없었대. 하지만 자기는 딸만 있으면 괜찮다고, 그걸로 충분하다면서 웃었다더군. 얼굴의 상처는 나쁜 남자들이 자신에게 함부로 다가오지 못하게 하는 좋은 방패막이라고 생각했나 봐. 그렇게 스스로 지조를 지킨 거지.”

“……”

“딸의 아버지에 대해서도 넌지시 털어놨던 모양이야. 자기 때문에 죽어 버렸다고.”

센지로는 숨을 들이켰다.

“그럼…… 제가 죽은 줄 알았던 건가요?”

“그래, 아마 곤파치가 그렇게 말했겠지. 네가 사랑하는 남자는 이미 자기가 죽여 버렸다고. 그래서 고유키 씨는 운 좋게 목숨을 건지고 나서도 에도로 돌아가지 않았어. 당신과의 추억을 소중히 간직하기 위해 이곳에 와서 자신의 배 속에 깃든 생명을 홀로 지켜 낸 거야.”

“……”

"하지만 안타깝게도 고유키 씨는 한 달 전에 병으로 쓰러져서 죽고 말았다더군. 죽고 난 뒤, 육신에서 자유로워지고 서야 알았겠지. 당신이 아직 살아 있는 걸. 그래서 필사적으로 당신 꿈에 나와서 자신의 소원을 전하려고 한 거야. 홀로 남겨진 딸을 부디 지켜 달라고. 그렇게 된 거겠지."

아무튼, 하고 햐쿠는 크게 기지개를 켰다.

"이걸로 내 일은 끝이야. 당신이 의뢰한 대로 당신 꿈의 수수께끼는 풀었어. 이다음에 어떻게 할지는 당신 뜻에 달렸어. ……참고로 고유키 씨의 딸은 돌봐 줄 사람이 없다는 이유로 지금 촌장 집에서 지내고 있나 봐. 하지만 촌장 식구들은 자기 핏줄이 아니니까 아이를 거의 방치하고 있대. 조만간 누군가의 집에 하녀로 보내지 않을까 하는 소문이 자자해."

"하녀라니, 저 아이는 겨우 세 살 정도밖에 안 됐잖아요."

"뭐, 말은 그렇게 하고 실제로는 기생집에라도 팔아넘기려는 속셈이겠지."

"그렇게 둘 수는 없습니다!"

센지로가 절규했다.

"누가 저 아이를 기생집 따위에! 절대 안 돼! 안 돼, 안 돼!"

"안 된다고 말해 봤자 당신이 뭘 어쩔 건데?"

"당연히 제가 사쿠라를 데려가야죠. 저 아이는 제 딸이니까요."

"……곤파치의 씨일지도 모르는데?"

"만일 그랬다면 고유키는 저 아이에게 사쿠라라는 이름을 붙이지 않았을 겁니다. 그리고…… 설령 그렇다 해도 상관없어요. 저 아이는 저와 고유키 사이에서 태어난 아이입니다."

센지로가 단호하게 말하자, 햐쿠는 놀란 듯 눈을 크게 뜨더니 히죽 웃었다.

"갑자기 야무져졌네. 그래, 그렇게 하면 돼. 이제야 겨우 제 몫을 하는 남자가 됐잖아. 그 기세로 앞으로도 잘해 봐."

햐쿠는 격려하듯 센지로의 어깨를 툭 쳤다.

그날 밤, 센지로는 또 그 꿈을 꾸었다. 하지만 지금까지와는 달랐다. 센지로의 품속에는 사쿠라가 안겨 있었다. 센지로는 사쿠라를 끌어안고 파도 가장자리까지 다가갔다. 바다는 잔잔해져 있었다. 하늘은 여전히 어두웠지만 바다는 잔물결만 온화하게 일렁일 뿐이었다. 그리고 그 파도 위에 상처투성이 소녀가 서 있었다. 센지로는 조용히 소녀에게 말을 걸었다.

"고유키, 사쿠라를 찾았어. 앞으로는 내가 사쿠라를 지킬게. 이제 이 아이는 걱정하지 마."

그러자 여자아이의 모습이 일렁거리며 변하기 시작했다.

몸이 쑥 길어지더니 앳된 얼굴이 아름다운 여인의 모습으로 바뀌었다. 얼굴을 뒤덮은 상처도 피부에 스며들면서 차츰 옅어졌다.

그렇게 고유키가 나타났다. 상처도 고통도 찾아볼 수 없는 평온한 얼굴의 고유키였다. 센지로는 그 모습을 자신의 눈에 새기려고 했다. 하지만 눈물이 자꾸만 흘러넘쳐서 눈앞이 흐려졌다. 그런 센지로에게 사랑스럽게 미소 지은 뒤, 고유키는 바닷속으로 사라져 갔다.

그날 이후, 센지로가 그 꿈을 꾸는 일은 두 번 다시 없었다.

4

날이 슬슬 풀리기 시작한 삼 월의 끝자락, 고게차마루가 고향에 다녀오고 싶다며 슬그머니 말을 꺼냈다. 햐쿠는 코를 후비며 흐응, 하고 흥미 없다는 듯 대답했다.

"되게 갑작스럽네. 뭐야, 그럼 오늘 가는 거야?"

"오늘 갑자기 가게 되면 햐쿠 씨가 곤란해지잖아요. 고향에 가기 전에는 미리 확실하게 이것저것 정리해 둘 기예요. 나흘 뒤 아침에 떠나고 싶은데, 괜찮죠?"

"상관없어."

"그대로 이틀 정도 자고 오려고 하는데요."

"마음대로 해. 그런데 뭐야, 갑자기 그런 말을 꺼내고. 산에 중요한 행사라도 있는 거야?"

"아니요, 친구들끼리 꽃구경을 하기로 했어요. 연례행사인데 저도 꼭 가고 싶어서요."

"호오, 꽃구경이라니. 요괴들도 풍류가 있구만."

"무시하지 마세요. 저희 요괴들도 예쁜 걸 무척 좋아한다고요. 아……."

고게차마루는 갑자기 얼굴을 찌푸렸다.

"갑자기 왜 그래?"

"아니요, 그게……. 얼굴을 보고 싶지 않은 녀석도 그곳에 올 거라는 사실이 떠올라서요."

"호오, 싸우기라도 한 거야?"

"……싸운 거면 차라리 낫겠어요. 그쪽에서 일방적으로 화가 났는지 저만 보면 괜히 시비를 걸어요. 심술궂은 말을 하면서 놀리거나 은근히 몸을 부딪치거나 하면서. 그래서 저, 요전에도 새해를 맞기 전에 부랴부랴 여기로 돌아왔던 거예요. 그때도 진짜 싫었는데."

어깨를 축 늘어뜨리는 고게차마루의 모습에 햐쿠는 왠지 모르게 화가 치밀었다. 고게차마루가 불합리하게 괴롭힘을 당한다고 생각하니 순간 열이 올랐다.

"……어떤 녀석인데?"

"저랑 같은 나이인데 같이 주인님 곁에서 시중을 드는 녀석이에요. 저보다 먼저 출세해서 그걸 가지고 끝도 없이 자랑을 늘어놓고는 했죠."

"흥, 처음부터 마음에 안 드는 녀석이었네."

"뭐, 그렇죠. 그런데 작년 말에 제가 비늘을 하나 찾아서 가져갔잖아요? 제가 주인님께 칭찬을 받은 게 어지간히 마음에 안 들었던 모양이에요. 그 뒤로 계속 시비를 걸더라고요."

"……한심한 놈이군."

햐쿠가 으르렁거렸다.

"좋아, 그렇다면 네게 비장의 기술을 전수해 주지."

"비장의 기술?"

"그래, 싸움을 할 거라면 선수를 쳐야지. 먼저 녀석의 가랑이를 걸어찬 다음에 두 손가락으로 눈알을 푹 찔러. 이렇게만 하면 일대일 싸움에서 절대 지지는 않을 거야."

"……햐쿠 씨, 지금 무슨 소리를 하는 거예요."

"뭐야? 손을 대기는 싫다는 거야? 그렇다면 녀석을 여기로 데려와. 내가 따끔하게 한마디 해 줄 테니까."

씩씩거리는 햐쿠를 보며 고게차마루는 어이없다는 표정을 지었다. 하지만 문득 깜짝 놀란 듯이 눈을 동그랗게 뜨더니 히죽히죽 웃기 시작했다.

"……혹시 저 때문에 화를 내고 있는 거예요?"

"바, 바보 같은 소리 하지 마! 나는 그냥 그런 배배 꼬이고 못돼 먹은 녀석이 싫을 뿐이라고!"

햐쿠는 꽥꽥 호통을 쳤지만 고게차마루는 계속 히죽거렸다. 그 모습이 아니꼬웠던 햐쿠는 고게차마루의 이마에 코딱지를 붙여 버렸다.

나흘 뒤 아침, 고게차마루는 말끔히 채비를 하고 흙마루에 내려섰다.

"햐쿠 씨, 그럼 저는 이틀 동안 고향에 다녀올게요."

"오냐."

"이틀 치 주먹밥을 만들어 뒀어요. 주술을 걸어 놨으니 상하거나 딱딱해지진 않을 거예요. 배가 고프면 그걸 드세요."

"으~응."

"혹시 밖에 나갈 때는 불 끄는 것 잊지 마시고요."

"그래, 알았어. 이제 됐으니까 빨리 산에나 가."

"그렇게 말 안 하셔도 갈 거예요. ……아차차, 이러면 안 되지. 가장 중요한 걸 잊어버릴 뻔했네."

고게차마루는 밖으로 나가는가 싶더니 다시 방으로 올라와서 안쪽 바닥의 널빤지를 휙 걷었다. 그 아래에는 햐쿠가 모은 돈을 넣어 둔 천 냥 상자가 있었다. 영차, 하고 고게차마루는 천 냥 상자를 그대로 들어 올렸다.

"너 뭐 하는 거야?"

"이 돈은 제가 맡아 둘게요. 햐쿠 씨한테 돈을 맡기고 갔다가는 큰일이 벌어진다는 걸, 저는 아주 자알 알고 있으니까요."

"아니, 잠깐만."

햐쿠는 그야말로 한심한 목소리로 말했다.

"그걸 다 가지고 갈 셈이야? 농담이지?"

"물론 진심이에요."

"뭐라고? 그러지 말고 한 냥 정도는 남기고 가! 나더러 굶어 죽으라는 거야?"

"그렇게 되지 않도록 주먹밥을 만들어 뒀잖아요. 모쪼록 제가 돌아올 때까지 검소하게 지내도록 하세요."

"이 도깨비 같은 놈!"

"저는 너구리 요괴예요."

고게차마루는 태연하게 그렇게 내뱉고는 뒤도 돌아보지 않고 밖으로 나갔다.

한동안 꽥꽥 울부짖던 햐쿠는 고게차마루의 기척이 완전히 사라지자 입을 뚝 다물었다. 그리고 품속에서 금화 두 냥을 꺼내더니 헤헤, 하고 혀를 날름 내밀었다.

"이렇게 될 줄 알고 어제 몰래 두 냥을 꺼내 두었지. 꼬마 너구리 녀석, 역시 마무리가 허술하다니까. 이 햐쿠 님을 얕보면 안 되지."

햐쿠는 신바람이 나서 외출할 채비를 서둘렀다. 모처럼

시끄러운 녀석이 사라졌으니 말이다.

이제 이 두 냥으로 술과 맛있는 음식을 잔뜩 사 오자. 그리고 이틀 동안 집에만 콕 틀어박혀서 조금씩 먹으며 홀로 사치를 즐기는 거야. 물론 고게차마루의 주먹밥도 먹어야지. "과식하지 마세요!"라거나 "술은 너무 많이 마시면 몸에 독이 된다고요."라는 잔소리를 들을 일도 없어. 아아, 이게 바로 행복이지.

햐쿠는 콧노래까지 흥얼거리며 외출용 두건을 쓰고 밖으로 나서려던 참이었다.

"실례합니다."

밖에서 웬 가녀린 목소리가 들려왔다. 햐쿠는 순식간에 김이 새 버렸다.

"이 중요한 순간에 누구야, 대체! 사루마루라면 아주 혼쭐을 내 줄 테다."

투덜대면서 햐쿠는 문을 드르륵 열었다. 그곳에는 젊은 아가씨가 서 있었다. 투명할 정도로 하얀 피부에 젖은 듯 윤기 나는 검은 머리칼이 아름다운 아가씨였다. 옆으로 길게 트인 눈은 불안해 보였지만 어딘지 모르게 교태를 부리는 듯한 분위기를 풍겼다. '내가 남자였다면 단번에 넘어갔겠군.' 하고 남의 일처럼 생각하며 햐쿠는 재빠르게 상대를 살살이 훑어보았다.

아가씨가 입고 있는 옷은 봄에 어울리는 연분홍색이었고, 쥐색 허리띠가 부드러운 분위기를 자아냈다. 머리에 꽂은 비녀는 고급스러운 은 세공품이었다. 제법 좋은 집안의 따님일 터였다.

이곳을 찾아왔다는 건 분명 손님으로서 의뢰를 하기 위함일 테지. 이 녀석은 왠지 돈이 될 것 같은걸.

평소의 햐쿠라면 그렇게 생각하며 싱글벙글 웃는 얼굴로 아가씨를 집 안으로 들였을 것이다. 하지만 무슨 이유에서인지 햐쿠는 눈앞의 상대를 집 안으로 들이지 않고 빤히 내려다보기만 했다. 그 강렬한 시선에 아가씨는 꽤 당황한 모양이었다. 그래서 겁먹은 듯이 눈을 내리깔고 더듬거리듯 입을 열었다.

"저, 저기……."

"당신, 인간이 아니지?"

거침없는 햐쿠의 한마디에 아가씨는 기선을 제압당한 모양이었다. 이윽고 아가씨는 포기한 듯이 고개를 끄덕였다.

"여, 역시 천리안을 지닌 햐쿠 님이시군요. 저를 꿰뚫어 보셨어요. 저는, 저어, 어느 산의 초목을 관장하는 여신이에요. 쓰유코라고 불러 주세요."

신이라는 말을 듣자 제아무리 햐쿠라도 조금 주춤했다. 신이 찾아온 이상 함부로 대할 수도 없는 노릇이었다. 햐쿠는 경계를 풀지 않은 채 여신을 집으로 들였다. 햐쿠는 나름 격식을 갖춘 말씨와 태도로 여신에게 물었다.

"여신님씩이나 되는 분이 이 괴물 공동주택에는 무슨 용무로?"

"그게, 제 친구를 찾아 주셨으면 해서요."

쓰유코의 눈에 순식간에 눈물이 그렁그렁 맺혔다.

"제 친구이자 물을 수호하는 개구리인 미도리마루가 사라졌어요. 제가 여기저기 찾아봤지만 도저히 찾을 수가 없었어요. 그 친구가 걱정이 돼서 견딜 수가 없네요. 혹시 찾아 주실 수 있나요? 그렇게 해 주신다면 보답으로 양로의 호리병을 드릴게요."

그렇게 말하며 쓰유코는 품속에서 작고 빨간 호리병을 꺼냈다.

"그게 뭔데요?"

"이 호리병에 물을 넣으면 순식간에 맛있는 술로 변한답니다. 신의 보물 중 하나이지요."

"무, 물이…… 술로?"

햐쿠의 눈이 순간 화르륵 타올랐다.

갖고 싶어! 그런 신기한 물건이 있다니 어떻게 해서든 갖고 싶어!

온몸으로 욕망의 불꽃을 활활 뿜어내며 햐쿠는 빙그레 웃었다.

"찾아 드리고말고요. 다른 분도 아니고 여신님의 의뢰라면 이 한 몸 부서져라 노력해 보겠습니다. 반드시 친구분을 찾아 드리지요."

"어머, 다행이에요. 그럼 지금 바로 찾아 주시겠어요?"

"네네, 기꺼이. ……혹시 친구분의 소지품 같은 걸 갖고 계신가요? 그게, 단서 없이는 아무리 유능한 저라도 달리 손을 쓸 수 없어서요."

"죄송해요, 아무것도 없어요. 아, 미도리마루가 지키던 우물에 가면 무언가 찾을 수 있을지도 몰라요."

"네네, 그렇고말고요."

햐쿠는 연신 굽실거리면서 입술을 핥았다. 개구리인지 뭔지 모르겠지만 지내던 곳에 가면 반드시 흔적이 있겠지. 나머지는 그 실을 찾아서 따라가면 그만이다.

"그 우물이 있는 곳은 여기서 먼가요?"

"네, 약간요. 하지만…… 햐쿠 씨가 꼭 가셔야 한다면 제가 옮겨다 드릴게요."

"그럼 부탁드려도 될까요?"

"네, 물론이에요."

그렇게 말한 여신은 햐쿠의 손을 잡았다. 작고 하얀 그 손은 손톱까지도 사랑스러웠다. 자신의 손과 완전히 다르다는 생각에 순간적으로 넋을 잃고 바라본 햐쿠에게 여신은 후, 하고 가볍게 숨을 불어 주었다.

달콤한 향기와 함께 방 안에 스르륵 안개가 끼기 시작했다. 복숭앗빛 안개는 바로 걷혔지만 이미 그곳은 햐쿠의 방 안이 아니었다. 처음 와 보는 산이었다. 인적은 전혀 없었고 새순과 꽃봉오리가 달린 나무들과 싱싱한 들풀로 뒤덮인 땅만 보일 뿐이었다. 햐쿠는 깜짝 놀라 눈을 깜박였지만 소란을 피우지는 않았다.

"깜짝이야. 역시 여신님의 솜씨는 참으로 대단하군요."

"뭘요. 자, 저곳이 미도리마루의 우물이에요. 한번 살펴보세요."

여신이 가리킨 곳에 돌로 만들어진 우물이 있었다. 보통 우물보다 약간 커서 어른 넷이 손을 잡고 둘러싸야 겨우 감쌀 수 있을 정도였다.

"네네, 바로 살펴보죠."

햐쿠는 서둘러 우물로 다가갔다.

양로의 호리병을 손에 넣으면 마음껏 술을 마실 수 있다. 그래, 고게차마루에게는 들키지 않도록 해야지. 그 아이가 알게 된다면 "너무 많이 마시면 몸이 망가진다고요." 하고 잔소리하며 호리병을 빼앗으려고 할 게 분명해.

그런 생각을 하면서 햐쿠는 왼쪽 눈의 안대를 풀고 우물을 들여다보았다. 마른 우물이었다. 물은 한 방울도 없었고 바닥에는 흙과 낙엽이 쌓여 있었다. 미도리마루라는 개구리가 사라진 지 꽤 오래된 것일까? 여신의 말로는 최근 일인 것 같았는데 그런 것치고는 이렇다 할 흔적이 하나도 보이지 않는다.

이상하다. 무언가가 이상해.

햐쿠가 고개를 들어 뒤를 돌아보려고 할 때였다. 픽, 하고 누군가 그녀의 등을 강하게 밀었다. 햐쿠의 몸이 기우뚱 기울더니 미처 손쓸 틈도 없이 우물 안쪽으로 떨어져 버리고 말았다.

이런!

햐쿠는 재빠르게 몸을 웅크려 공처럼 만든 채 양팔로 머리를 감쌌다. 다음 순간 쿵, 하며 온몸의 뼈라는 뼈가 다 부러질 듯한 충격이 등과 허리를 덮쳤다.

햐쿠는 숨을 쉴 수가 없었다. 마치 혀가 목구멍 안으로 말려 들어가 기도를 막아 버린 것만 같았다. 그대로 있다가는 질식할 것 같아서 어떻게든 숨을 뱉어 냈다. 그러자 단번에 통증이 온몸으로 퍼졌다. 눈알이 튀어나올 듯한 고통에 저도 모르게 눈물이 찔끔 나왔다. 그리고 그 사실에 맹렬하게 화가 났다.

괜찮아. 아직 살아 있어. 엄청나게 아프고 갈비뼈가 몇 대부러진 것 같긴 하지만. 허리와 척추, 목은 겨우 움직일 수 있을 것 같아. 잠깐, 서두르지 마. 통증이 가시기를 기다렸다가 그다음에 움직이는 거야. 이런 것쯤 별것도 아니야. 지금까지 맛본 아픔과 공포에 비하면 우물에 떨어진 것 정도는 아무것도 아니지.

아픔을 조금이라도 달래려고 스스로를 위안하던 때였다.

"어라? 설마 죽어 버렸나? 뭐, 그렇게 됐더라도 상관없지만 말이야."

경쾌하게 깔깔 웃는 심술궂은 목소리가 위쪽에서 들려왔다. 아픔에 몸을 떨면서 햐쿠는 위쪽을 올려다보았다. 푸른 하늘이 작고 둥글게 보였고 우물 가장자리에서 웬 아이가 얼굴을 내밀고 아래를 내려다보고 있었다.

흰 여우 가면을 쓰고 있어 얼굴이 보이지는 않았지만 선이 가늘고 피부가 흰 남자아이라는 것을 한눈에 알 수 있었다. 그리고 그 아이가 조금 전의 쓰유코라는 그 여신과 동일 인물이라는 사실도.

햐쿠의 왼쪽 눈에는 또렷하게 소년의 모습이 보였다. 명주처럼 새하얀 피부의 이면에는 어둡고 불꽃같은 악의가 솟아오르고 있었다.

바로 조금 전까지 왼쪽 눈을 봉인한 상태였다고는 하지만 이걸 깨닫지 못하다니.

어리석은 자신을 탓하며 이를 갈았다. 햐쿠는 분노를 담아 소년을 노려보았다.

"넌……."

"뭐야, 아직 살아 있잖아. 꽤 끈질기네. 그래도 역시 별 볼일 없네. 주인님의 비늘이 깃들어 있다기에 엄청 강력할 거라고 기대했는데 말이야. 이래서야 김이 빠지잖아."

여우 가면을 쓴 소년은 햐쿠를 내려다보며 비웃듯 말했다.

"뭐, 됐어. 돌려 말하는 건 이제 그만두지. 솔직히 말할게. 주인님의 비늘을 당장 내게 넘겨. 그러면 여기서 널 꺼내 주고 상처도 바로 낫게 해 줄게. 아픈 거 싫지? 그러니까 순순히 내놔."

소년의 말에 햐쿠는 눈이 휘둥그레졌다.

"너…… 사, 산신의 부하로구나. 그럼 고게차마루의 동료라는 건데……."

"그 녀석이랑 똑같이 취급하지 마!"

소년은 울컥한 듯 몸을 내밀며 소리쳤다. 성격은 썩을 대로 썩은 주제에 의외로 아이 같은 구석이 있었다. 아하, 하고 햐쿠는 그제야 무언가를 깨달았다.

분명 이 녀석이다. 고게차마루가 말했던 그 밉살스러운 녀석. 비늘을 가져간 고게차마루를 질투해서 괴롭혔다지. 그래서 자기도 산신이 잃어버린 비늘을 손에 넣고야 말겠다고 생각했을 것이다. 그런 다음, 고게차마루가 잠깐 눈을 뗀 사이에 햐쿠에게 깃든 비늘을 빼앗으려고 일을 꾸민 것일 테지. 그 계략에 고스란히 넘어가 버리다니.

햐쿠는 분통이 터졌다. 하지만 이대로 있다가는 정말 큰일이었다. 어서 반격할 방법을 찾아야 한다고 생각하며 슬며시 왼손을 움직여 보았다. 팔은 움직일 수 없었지만 패를 쥐고 있는 것은 어디까지나 자신이라는 것만은 변함없는 사실이었다. 햐쿠는 팔의 감각이 돌아오도록 조금씩 몸을 움직이며 시간을 벌기로 했다.

"흥. 너, 너에 대해서는 나도 이미 알고 있어. 하지만 이런 수를 쓰, 쓰다니 너무 비겁하지 않아? 아무리 고게차마루가 공을 세운 것이 부, 분해서 우, 울었다고 해도 말이야."

"안 울었거든! 닥쳐! 닥치라고!"

"이, 이런 더러운 수를 써서 비늘을 얻으려 했다는 걸 알게 되면 네 주인님은 과연 어, 어떻게 생각할까?"

소년이 뜨끔한 듯 몸을 뒤로 뺐다. 하지만 햐쿠의 말에 한층 더 화가 난 모양이었다. 흰 목덜미가 새빨개지더니 다시 앞으로 몸을 내밀었다. 이글거리는 눈빛은 가면을 뚫고 나올 것처럼 강렬했다.

"널 해치지 않고 비늘만 가져가려고 했는데 이제 됐어! 눈알째 파내 버릴 테다! 이, 이게 다 네 잘못이야! 네가 나를 화나게 만들어서 이렇게 된 거야!"

소년은 마치 도마뱀처럼 돌벽을 넘어 우물 아래로 기어 내려왔다. 잠시 후 햐쿠의 옆에 내려서더니 오른손을 칼날처럼 오므려 햐쿠의 왼쪽 눈을 향해 뻗었다.

바로 그때 햐쿠는 날렵하게 팔을 움직였다. 그와 동시에 엄청난 통증이 느껴졌지만 간신히 손에 쥐고 있던 안대를 왼쪽 눈에 가져다 댈 수 있었다.

이 안대의 역할은 그저 푸른 눈을 숨기기 위한 것만이 아니었다. 햐쿠가 방심하거나 잠들어 있을 때 수상한 자의 공격으로부터 눈을 지킬 수 있도록 주술이 잔뜩 걸려 있는 특별한 안대였다. 전에 고게차마루도 이 안대를 만지고 튕겨 나간 적이 있었다. 그렇다면 이 소년에게도 같은 일이 일어날 것이다.

햐쿠가 예상한 대로 왼쪽 눈을 파내려던 소년은 거세게 튕겨져 나가 우물의 돌벽에 내팽개쳐졌다.

"으걱!"

바닥에 쓰러진 소년이 흐느적거리며 힘을 못 쓰자 햐쿠는 꼴좋다며 웃어 댔다. 동시에 자신이 처한 상황이 너무 분해서 몸부림치지 않을 수 없었다. 지금이야말로 소년을 붙잡을 천재일우의 기회인데 안타깝게도 몸이 움직이지 않았다. 이래서야 소년을 묶을 수도 없었다.

"에에잇, 젠장! 움직여! 우, 움직이라고, 젠장!"

그러는 사이 소년이 먼저 몸을 움직였다. 그새 눈을 뜨고
만 것이다. 입 안이 터져 피가 났는지 가면 안쪽에서 피가
방울져 떨어지고 있었다. 핏방울이 소년의 흰 목을 타고 흘
러내렸다.

가면 너머로 보이는 눈은 이제 증오로 가득 차 있었다. 그
럼에도 안대에 걸려 있는 주술을 경계해서인지 소년은 그
이상 덤비지는 못했다. 그 대신 도망치듯 돌벽을 기어올라
우물 밖으로 나가더니 꽥꽥 소리쳤다.

"용서 못 해! 절대로! 너, 너 따위, 죽어 버려! 거기서는 물
도 음식도 구할 수 없을 테니까! 굶주리고 비쩍 마른 채로
실컷 괴로워하다 죽어 버려! 그런 다음 네 시체에서 비늘을
가져갈 테다! 아하하핫!"

소년은 큰 소리로 웃으며 사라졌다.

홀로 남은 햐쿠는 일단 안심했다. 잠시 후 몸을 다는 약간
움직일 수 있게 되자, 일단 제대로 안대 끈을 묶어서 왼쪽
눈을 보호했다. 아픈 몸을 천천히 움직여 보았지만 무리였
다. 햐쿠는 자신이 더 이상 일어설 수 없다는 사실을 깨달았
다. 팔로 몸을 지탱하며 몸을 일으키는 것이 고작이었다.

오랜 시간을 들여 움직인 끝에 가까스로 돌벽에 기대앉은

햐쿠는 쌕쌕 숨을 내뱉었다. 도저히 불가능한 일은 아니지만 이 깊은 우물에서 스스로 빠져나가기란 무리였다.

"젠장…… 완전히 바보짓을 했군."

하지만 후회해도 소용없다며 바로 생각을 고쳐먹었다. 몹시 아프지만 이 정도 상처로 죽지는 않을 것이었다. 그리고 중요한 것은 그게 아니다.

이대로 있다가는 조만간 굶주림과 갈증으로 비쩍 말라 죽게 되겠지.

도움을 청한다 해도, 자신의 목소리가 우물을 넘어 그 누구에게도 닿을 것 같지 않았다. 그런 가운데, 딱 하나 희망의 빛이 있었다. 바로 시간이었다. 그 소년은 햐쿠가 죽을 때까지 기다리겠다고 아우성쳤지만 순순히 그렇게 되지는 않을 것이다.

햐쿠에게 이름을 받아 인간 세계에서 자유롭게 움직일 수 있게 된 고게차마루와 달리, 그 소년은 아직 산에 속한 존재였다. 그런 존재가 인간의 영역에 있으면 몸도 힘도 점차 약해지고 만다. 따라서 한시라도 빨리 산으로 돌아가고 싶을 것이다.

그러니 그리 오래지 않아 소년은 반드시 이곳으로 돌아올 것이다. 그때 "비늘을 돌려줄게." 하고 말하며 옆으로 유인한 뒤 안대에 걸린 주술로 기절시킨다. 그 수밖에는 없었다. 이렇게 된 이상 인내력 싸움이라며 햐쿠는 마음을 다잡았다.

"그 녀석이 돌아올 때까지 어떻게든 살아남아 주겠어."

햐쿠는 힘을 소모하지 않도록 최대한 편안한 자세를 취하고 절대 움직이지 않기로 했다.

어느 덧 해가 저물어 가는지 우물 안도 점차 어두워졌다. 이윽고 칠흑 같은 어둠이 내려앉고 추위가 엄습해 왔다. 이를 딱딱 부딪치며 햐쿠는 온기를 빼앗기지 않기 위해 몸을 웅크렸다. 아무것도 먹지 못해서인지 한층 더 추운 듯했다.

"고게차마루가 만들어 준 주먹밥, 품속에 넣어 왔다면 좋았을 걸."

배고픔은 물론 갈증도 더욱 심해졌다. 햐쿠는 낮에 주워 두었던 매끈한 조약돌 하나를 입에 넣었다. 차가운 돌멩이를 핥으니 입 안에 침이 고여서 약간은 기분이 나아졌다. 자칫 잘못해서 돌멩이를 삼키지 않도록 조심하고 있자니 무심코 쓴웃음이 나왔다.

"……옛날에도 엄마가 방에 가뒀을 때 종종 이렇게 돌멩이를 핥았었지. 설마 이제 와서 또 같은 짓을 하게 될 줄이야……. 그 녀석, 절대 용서 못 해."

괴로운 기억을 떠올리게 하다니 그 소년의 죄가 또 하나 늘었다. 붙잡으면 어떻게 혼쭐을 내 줄까. 어둠 속에서 햐쿠는 이런저런 복수를 생각했다. 그렇게 길고 괴로운 밤이 지나갔다.

추위와 배고픔에 까무룩 정신을 잃었던 걸까. 문득 피부에 찌릿한 기척을 느낀 햐쿠는 눈을 번쩍 떴다. 이미 아침이 밝았고 저 높이 우물 가장자리에서 그 소년이 얼굴을 들이민 채 자신을 내려다보고 있었다.

"흐응, 감이 꽤 좋은걸. 내가 온 걸 눈치챌 줄이야. ……저기, 좀 적당히 하지 그래? 나도 한가하지만은 않거든. 빨리 단념하고 비늘을 넘기겠다고 해. 그러면 지금까지 있었던 일은 용서해 줄 테니까."

그답지 않게 부드러운 목소리로 속삭이는 소년. 목소리에 피로가 묻어나는 것을 햐쿠는 놓치지 않았다. 생각했던 대로라며 햐쿠는 마음속으로 입맛을 다셨다.

저 녀석, 기력이 약해졌구나.

햐쿠는 연약한 목소리로 대답했다.

"그, 그래. ……네 말대로 할게. 뭐든지 할 테니까 여, 여기서 날 좀 꺼내 줘."

"진작에 그랬어야지. 그럼 일단 이거부터 받아."

그렇게 말한 소년은 가느다란 밧줄을 우물 안으로 던져 넣었다. 밧줄 끝에는 작은 바구니가 매달려 있었다.

"……이게 뭔데?"

"널 완전히 믿을 수는 없으니까. 우선 이 바구니에 그 성가신 안대를 넣어. 그다음에 널 거기서 꺼내 주고 비늘을 가져갈 테니까."

쳇, 하고 햐쿠는 마음속으로 혀를 찼다.

이 녀석, 도저히 얕볼 수 없군. 영악한 놈 같으니.

계획이 틀어진 햐쿠가 어떻게 해야 할지 고민하던 때였다. 갑자기 고성이 들려왔다.

"이 녀석! 무슨 짓이야, 마시로!"

"으아악!"

햐쿠를 내려다보던 여우 가면의 모습이 순간 휙 사라졌다. 버둥거리며 맞붙어 싸우는 소리가 들리더니 쿵, 하고 커다란 소리가 울려 퍼졌다. 이윽고 또 다른 누군가가 우물 안을 들여다보았다.

그 얼굴을 본 순간, 햐쿠는 깜짝 놀라 무심코 몸을 벌떡 일으켰다. 그와 동시에 잊고 있던 통증이 온몸을 덮쳤다. 너무나 강렬한 통증에 햐쿠는 비틀거리다 돌벽에 머리를 세게 찧고 말았다. 눈 안쪽에서 불꽃이 터지고 순식간에 어둠이 퍼져 나갔다. 그렇지만 햐쿠는 더 이상 걱정하거나 두려워하지도 않았다.

이대로 기절해도 상관없겠지. 왜냐하면, 그 녀석이 와 주었으니까.

그렇게 안심한 채로 햐쿠는 의식의 끈을 놓았다.

정신을 차리자 얼룩투성이 천장이 보였다. 얼룩들 하나하나가 눈에 익었다. 햐쿠는 문득 자신이 괴물 공동주택으로 돌아와 있다는 것을 깨달았다. 그때 둥근 얼굴이 불쑥 나타나 햐쿠를 들여다보았다. 그 걱정스러운 눈길에 햐쿠는 작게 웃음을 터트렸다.

"너구나, 고게차마루."

"햐쿠 씨! 저, 정신이 좀 들어요? 조금 전에 선약을 먹였으니까 다친 곳은 거의 나았을 텐데. 혹시 어디 또 아픈 곳이 남아 있나요?"

"선약?"

그러고 보니 그 무시무시한 통증이 싹 사라져 있었다. 조심스레 몸을 일으켜 보아도 아픈 곳은 없었다. 햐쿠는 진심으로 고마운 마음이 들었다.

"아아, 괜찮아. 고마워. 네가 날 구해 줬구나. 그런데 넌 내가 거기 있는 줄 어떻게 안 거야?"

"꽃놀이를 하러 갔는데 마시로 녀석이 없더라고요. 요즘 계속 무언가 일을 꾸미는 것 같다는 이야기를 듣고 감이 딱 왔죠. 그래서 서둘러 이곳에 돌아와 봤어요. 그랬더니 햐쿠 씨는 없고 마시로의 냄새만 남아 있는 거예요. 큰일이다 싶어서 그 길로 햐쿠 씨를 찾으러 다녔어요. 마시로가 냄새를 위낙 잘 숨겨서 찾는 데 시간이 좀 걸렸지만요."

"마시로라고 하는구나, 그 새하얀 녀석."

"네, 흰여우 마시로예요."

그렇게 말하며 고게차마루는 방구석을 가리켰다. 그곳에
는 하얗고 작은 여우가 손발이 묶인 채 축 늘어져 있었다.

"네가 때려눕혔어?"

"네, 나중에 주인님 앞으로 끌고 갈 거예요. 햐쿠 씨는 저
에게 맡기겠다고 주인님이 확실하게 말씀하셨는데 멋대로
이런 끔찍한 짓을 저지르다니, 용서 못 해요. 아주 혼쭐을
내 줘야지."

"아니, 잠깐만."

햐쿠는 황급히 일어섰다.

"잠깐 기다려. 우선 이 녀석에게서 양로의 호리병을 빼앗
아야 돼."

"양로의 호리병? 그게 뭔데요?"

"이 녀석이 그랬어. 물을 술로 바꿔 주는 신의 보물이라
고. 녀석한테 이런 꼴까지 당했는데 반드시 얻어 내야겠어."

"햐쿠 씨…… 설마 그런 물건이 있다고 진심으로 믿은 거
예요?"

안타깝다는 듯이 말하는 고게차마루를 보자 햐쿠는 순간
아찔해졌다. 양로의 호리병 같은 것은 애초에 이 세상에 존

재하지도 않았던 것이다. 털썩 주저앉은 햐쿠에게 고게차마루가 걱정스럽게 말을 걸었다.

"햐, 햐쿠 씨? 괜찮아요?"

"……아니, 괜찮지 않아. 저 녀석이 내게 한 짓 중에서 방금 그게 제일 센 공격이었어……. 크, 크크크큭!"

"햐, 햐쿠 씨?"

"……나를 아주 제대로 바보 취급했구나. 아아, 됐어. 그렇다면 나도 마음껏 날뛰어 줘야겠군. 그 우물 안에서 하룻밤 내내 생각해 둔 방법이 있지. 크크크큭!"

그렇게 웃는 햐쿠에게서 몹시 음산한 기운이 스멀스멀 뿜어져 나오기 시작했다.

잠시 뒤, 마시로가 눈을 떴다.

"으응? 뭐야? 아, 아니! 왜 내가 묶여 있는 거야? 이 밧줄 풀어! 어이! 야, 고게차마루!"

마시로가 아무리 소리쳐도 고게차마루는 움직이지 않았다. 벽에 딱 달라붙어 서서 누군가를 바라보고 있을 뿐이었나. 무언가 이상하다고 생각한 마시로는 고게차마루의 시선 끝을 따라갔다. 커다란 가위를 쥔 햐쿠였다.

"자아, 벌 받을 시간이야."

악귀처럼 히죽 웃는 햐쿠의 모습에 마시로는 꺄아아악, 하고 날카로운 비명을 질렀다. 비명을 지른다 해도 소용 없는 일이었다. 햐쿠가 그를 용서할 리는 없었다.

"좋아, 이 정도로 봐 줄까?"

그렇게 말하며 햐쿠는 들고 있던 가위로 마시로의 손발에 묶인 밧줄을 잘랐다. 그러나 자유롭게 움직일 수 있게 되었음에도 불구하고 마시로는 한심하게 홀쩍거리며 울고 있을 뿐이었다.

그도 그럴 것이 그의 몸을 뒤덮고 있던 눈처럼 새하얀 털이 무참히 깎여 나가 버렸기 때문이다. 풍성하고 두툼했던 꼬리도 지금은 한낱 쥐꼬리처럼 보잘것없어지고 말았다.

안타깝군, 하고 고게차마루는 동정 어린 눈빛을 던졌다. 하지만 햐쿠에게 자비란 없었다.

"하핫! 잘 어울리네. 고상한 척하던 여우보다 대머리 생쥐 같은 지금의 모습이 네 성격에 아주 딱 어울리는걸. 좋아, 이제 이름도 하게키치[12]라고 바꾸면 되겠군."

"으악!"

마시로가 눈을 크게 뜬 순간 몸에서 팟, 하고 빛이 나더니 여우에서 사람의 모습으로 변했다. 고게차마루와 비슷한 나이로, 얼굴 생김새는 훨씬 예뻤지만 머리는 털 한 올 없이

---

12. 하게는 대머리라는 뜻

시원하게 벗겨져 있었다. 대머리 미소년은 빽빽 울면서 햐쿠의 다리에 매달렸다.

"하, 하게키치라니…… 으아앙, 싫어! 그, 그럴 수는 없어! 이름을 덧칠해 버리다니, 그런 이름이 되다니, 절대 싫어어! 햐쿠 씨! 아니, 햐쿠 님! 부탁드려요! 사과드릴게요! 제 이름을 돌려주세요! 마시로라고 불러 주세요! 제발요!"

"안 돼."

햐쿠는 쌀쌀맞았다.

"적어도 일 년은 그 이름으로 살아. 그동안은 얌전하게, 부끄러움이란 걸 몸소 느껴 봐. 그리고 앞으로는 고게차마루에게 시비 거는 짓도 그만둬. 그렇게만 하면 일 년 뒤에 네 원래 이름을 되돌려 주지."

"흐, 흐에에에에……."

마시로, 아니 하게키치는 울며불며 밖으로 뛰쳐나갔다. 하핫, 하고 햐쿠는 코웃음을 쳤다.

"나 참, 털 좀 깎은 것 가지고 저렇게 울어 젖히다니."

"그야, 희고 풍성한 털가죽은 저 녀석의 유일한 자랑거리였으니까요. ……역시 햐쿠 씨는 대단해요. 그렇게 잔혹한 방법을 생각해 내다니."

"날 악당 취급하지 말아 줄래? 오히려 인정이 많은 인간이라 이 정도로 용서해 주는 거라고. 마음 같아서는 털을 홀

딱 밀어 버린 다음에 거시기를 똑 떼어서 고양이한테 던져
주고 싶은 심정인데 말이지."

"히이이익……."

"흥, 내가 그런 사람이란 걸 그새 잊은 거야? 그러니까 너
도 날 진짜로 화나게 만들지 않도록 조심해."

"며, 명심할게요."

"그래야지. ……아아, 그건 그렇고 배가 엄청 고프네. 네가
만들어 둔 주먹밥, 아직 있지? 우선 그걸 먹어 볼까. 고게차
마루, 차 내와!"

"네, 넵! 바로 준비할게요!"

고게차마루는 허둥지둥 물을 끓이기 시작했다.

5

활짝 핀 벚꽃이 거의 다 져 갈 무렵, 햐쿠에게 의뢰가 들
어왔다. 의뢰라고는 해도 햐쿠의 집을 직접 찾아온 것은 아
니었다. 세간의 눈이 신경 쓰였는지 만나고 싶은 날짜와 장
소를 지정해서 햐쿠를 불러낸 것이었다. 이런 경우가 종종
있었기 때문에 햐쿠는 특별히 신경 쓰지 않고 약속된 날에
고게차마루를 데리고 외출했다.

의뢰인이 불러낸 장소는 세련되어 보이는 요릿집이었다.
아직 의뢰인은 도착하지 않았지만 두 사람 앞으로 차례차
례 요리가 나왔다. 종업원에게 물어 보니 이미 값은 치렀다
고 했다. 아무래도 의뢰인은 햐쿠를 배 터지게 대접할 생각
인 모양이었다.

돈을 낼 필요가 없다고 하자, 햐쿠는 사양하지 않고 요리를 먹기 시작했다. 고게차마루도 다른 사람이 만들어 준 음식을 먹는 게 오랜만인지라 무척 신이 나 보였다.

그렇게 훌륭한 식사를 대접받은 두 사람이 만족스러운 듯 깊은 숨을 내쉬었을 때, 문이 열리며 의뢰인이 방 안으로 들어왔다.

아버지와 딸처럼 보이는 두 사람이었다. 아버지 쪽은 마흔 살 정도. 키가 훤칠하고 옷차림도 훌륭하며 당당한 관록이 느껴지는 것을 보아하니 어딘가 큰 가게의 주인임에 틀림없어 보였다. 하지만 그 얼굴은 무척 초췌했고 눈동자에서는 깊은 고뇌가 엿보였다.

한편 딸 쪽은 구김살이라고는 눈곱만치도 찾아볼 수 없이 순진무구해 보였다. 나이는 열예닐곱 정도. 봄에 피는 들국화처럼 꽃망울을 탁 터뜨릴 것만 같은 젊음과 천진함이 느껴졌다. 체격은 살짝 통통했지만 그 점 또한 귀여웠다. 숨이 턱 막힐 정도의 미인이라기보다는 사람들에게 호감을 살 만한 애교 있는 아가씨였다.

대조적인 두 사람의 모습에 햐쿠는 다소 놀라움을 느꼈지만 얼굴에 드러내지 않은 채 조용히 입을 열었다.

"제가 분실물 가게의 햐쿠입니다. 저에게 의뢰를 맡기신 부분에 대해서는 결코 입 밖에 내지 않겠다고 약속드리지만, 그래도 불안하시다면 이름을 밝히지 않으셔도 괜찮습니다. 찾고 싶으신 분실물에 대해서만 말씀해 주세요."

햐쿠의 담담한 말투에 아버지는 그제야 결심이 선 모양인지 그녀를 똑바로 마주 보았다.

"아니, 그쪽을 신뢰하도록 하지요. ……저는 해운업을 하는 사카나미야의 우에몬입니다. 이쪽은 제 딸, 누이라고 하지요."

"누이입니다. 잘 부탁드려요."

딸은 방긋 웃으며 인사를 했다. 그 해맑은 모습에 우에몬의 얼굴이 한층 더 괴롭게 일그러졌다.

"실은…… 부탁드리고 싶은 것은 다른 게 아니라 누이에 관한 일입니다."

"따님의 일이요?"

"네. ……저어, 딸의 제정신을 찾아 주셨으면 합니다."

햐쿠와 고게차마루의 눈이 휘둥그레졌다. 이건 또 무슨 이상한 의뢰란 말인가. 고게차마루는 무심코 누이의 얼굴을 말똥말똥 쳐다보았다. 아무리 보아도 봄에 피어나는 꽃처럼 밝고 귀여운 아가씨의 모습인데. 정신을 놓은 것 같은 낌새는 전혀 없었다. 햐쿠도 잘 이해가 되지 않았는지 조심스럽게 되물었다.

"어떻게 된 사정인지 말씀해 주실 수 있나요?"

"네, 그렇죠. ……딸은 원래 착한 아이였습니다. 어릴 적
부터 동물을 무척 좋아해서 고양이나 강아지, 새 등을 키우
며 귀여워했죠. 그런데…… 이따금 미쳐 버린 것처럼 끔찍
한 짓을 저지르는 겁니다. 갑자기 새의 깃털을 죄다 잡아 뽑
기도 하고, 강아지에게 벌겋게 달궈진 부젓가락을 집어던지
기도 하고요. 어릴 때는 그냥 짜증이 나서 그러는 거라고만
생각했습니다. 동물에게 물리거나 쪼여서 앙갚음을 해 준
것이겠거니 생각했어요. 아직 어리니까 그럴 수도 있지, 하
고……."

실제로도 갑자기 동물을 괴롭히는 누이의 행동은 커 가면
서 점점 줄어들었다. 하지만 누이가 키우던 고양이나 새가
금세 어디론가 사라져 버리는 것이 조금 이상하다는 생각
이 들었다고 한다. 누이가 저렇게 극진히 보살피는데 어째
서 도망가는 걸까, 하고. 그러다 얼마 전, 결정적인 어떤 장
면을 보고 말았다며 우에몬은 어깨를 떨었다.

"창고에 들어가려는데 끔찍한 악취가 났습니다. 그래서
냄새를 따라 창고 뒤로 돌아갔어요. 그곳에 누이가 있었습
니다. 속치마만 걸친 차림으로 어깨띠를 두르고 있었는데
손이 피투성이였어요. 누이는…… 임신한 개의 배를 가르고
있었습니다."

우욱, 하고 고게차마루는 양손으로 입을 틀어막았다. 그

렇게 하지 않으면 방금 먹은 요리가 전부 올라올 것 같았기 때문이다.

"……어째서, 그런 짓을?"

"저도 그 생각이 가장 먼저 들었습니다. 딸은 그 개를 무척 귀여워했거든요. 배 속의 새끼가 태어나기만을 기대하고 있었는데. 죽일 이유 따위는 단 하나도 떠오르지 않았습니다. 너무 놀란 나머지 왜 그런 짓을 했느냐고 따져 물으니 누이는 갑자기 울기 시작했습니다. 나쁜 짓이라는 것을 알지만 배 속에 있는 새끼 강아지가 어떻게 생겼는지 빨리 보고 싶었다고, 그게 궁금했다고, 그렇게 말했어요."

더 이상은 딸을 이해할 수 없게 되었다며 우에몬은 고개를 푹 숙였다. 그때 누이가 갑자기 울음을 터뜨렸다.

"죄송해요, 아버지! 저도 제가 대체 왜 그런 짓을 저질렀는지 모르겠어요. 정신을 차려 보면 손이 움직이고 있고, 저도 모르게 끔찍한 짓을 저질러 버리고 말아요."

우에몬은 아이처럼 엉엉 울어 대는 딸을 황급히 끌어안았다. 그 동작 하나로 우에몬이 얼마나 딸을 아끼는지 잘 알 수 있었다. 그야말로 눈에 넣어도 아프지 않을 정도로 딸을 예뻐하는 아버지의 모습이었다. 그래서 더더욱 딸이 흉악한 짓을 반복하는 것이 마음 아픈 것일까.

우에몬은 딸을 끌어 안고 지친 얼굴로 햐쿠를 바라보았다.

"처음에는 어디가 아픈 것은 아닐까 싶어 의사를 찾아가 봤습니다. 무당과 음양사를 찾아가 보기도 했고요. 하지만 잘되지 않았습니다. 딸이 여우에 씌었다고 단언한 무당도 있었지만 그 사람도 결국 해결하지는 못했어요. 그렇게 누이의 상태는 전보다도 더 심해져서 한층 더 잔혹한 짓들을 저지르게 되었지요. 최근에는 마음에 안 드는 행동을 한 하인의 손에 비녀를 내리꽂기도 했답니다."

"그래서 생각을 바꾸신 건가요?"

"네, 여우나 악령의 짓이 아니라 딸이 혹시 제정신을 잃은 게 아닐까 하고요. 그 정신을 어떻게든 되찾고 싶습니다. 그런 생각으로 분실물 가게의 햐쿠 씨에게 이렇게 부탁드리기로 한 거예요."

우에몬은 다시 한번 부탁드린다고 말하며 햐쿠의 두 손을 맞잡고 고개를 깊이 숙였다.

"이제 햐쿠 씨밖에 의지할 사람이 없습니다! 부디, 부디 딸을 구해 주세요! 이건 정말 너무 끔찍한 일입니다! 딸의 제정신을 찾아 주시기만 한다면 백 냥이든 이백 냥이든 내어 드리겠습니다!"

"해 보죠."

햐쿠는 망설임 없이 말했다. 햐쿠의 콧구멍이 벌써부터 벌름거리기 시작하는 것을 보고 고게차마루는 남몰래 한숨을 쉬었다. 여전히 노골적이구나, 하는 생각에 기가 찬 것이다. 뭐, 의욕적인 것은 좋은 일이지만.

"그럼 우선 잠깐 따님을 살펴볼까요."

누이 앞에 자세를 잡고 앉은 햐쿠가 스르륵 안대를 풀었다. 푸른 왼쪽 눈이 드러나자 우에몬은 멈칫했다. 그러나 누이는 달랐다. 햐쿠의 눈을 들여다보던 그 눈빛이 탐욕스럽게 변한 것이다.

"굉장해…… 푸른 눈이라니…….."

"……."

"저기…… 그 눈을 통하면 세상이 어떤 식으로 보여요? 다 파랗게 보이나요?"

"자, 누이. 좀 조용히 있어 보거라."

우에몬은 호기심을 억누르지 못하는 누이를 나무라듯 말했다. 하지만 햐쿠는 아무 말 없이 그저 계속 누이만을 바라보았다. 시간이 흐르고 햐쿠는 말없이 안대를 들어 다시 눈을 가렸다.

아앗, 하고 아깝다는 듯이 누이가 한탄했다. 그러고는 더 보고 싶었다고 말하는 것처럼 원망스럽게 햐쿠를 바라보았다. 하지만 햐쿠는 누이를 마주 보려고 하지 않았다. 햐쿠의 얼굴빛은 잿빛이 되어 있었다.

대체 무엇을 본 것일까, 하는 생각에 고게차마루의 가슴이 술렁거렸다. 그토록 씩씩한 햐쿠가 저런 모습을 보이다니.

햐쿠는 고개를 숙인 채 낮은 목소리로 말했다.

"……아가씨, 미안하지만 혼자서 먼저 집에 돌아갈 수 있 겠어? 아니면 아래층에서 아버지를 기다려도 되고."

햐쿠의 말에, 누이는 불안한 듯 아버지를 바라보았다.

"아버지……."

"말씀대로 따르거라. 나중에 내가 다 이야기해 주마."

"……네."

누이는 내키지 않는 모습이었지만 순순히 방을 나갔다. 후우, 하고 햐쿠는 한숨을 쉬었다. 마치 무시무시한 짐승을 쫓아 버리기라도 한 것처럼. 뻣뻣하게 굳은 몸을 푼 뒤 햐쿠 는 우에몬을 똑바로 바라보았다.

"먼저 확실하게 말씀드릴게요. 따님은 여우나 악령 같은 것에 씐 게 아닙니다. 깨끗해요."

"저, 정말입니까?"

"네, 그리고 광기도 보이지 않아요. ……따님은 완전히 제 정신입니다."

"네?"

"안타깝지만 따님은 사람으로서 당연히 느껴야 할 감정 몇 가지가 통째로 빠져 있어요. 그래서 태연하게 잔혹한 짓 을 저지르는 것이죠. 즉, 보통 사람이라면 생각지도 못할 피비린내 나는 일도 따님에게는 그저 호기심을 채우는 놀이인 거나 마찬가지예요."

하하하, 하고 우에몬은 경련을 일으키듯 웃음을 터뜨렸다.

"무슨 소리를 하나 했더니…… 감정이 없다고요? 그럴 리가 없습니다. 저 아이는 원래 다정한 아이예요. 그저 약간 제정신을 잃어버릴 때가 있어서, 그래서 섬뜩한 일을 저지르는 것뿐입니다. 저, 저 아이도 그렇게 말했지 않습니까! 자신도 왜 그런 짓을 저지르는지 모르겠다고!"

마지막 말은 마치 비명처럼 들렸다. 하지만 그런 우에몬에게 햐쿠는 흔들림 없이 단호하게 말했다.

"그건 거짓말입니다. 따님은 알고 있어요. 자기가 보통 사람들과는 다른, 이질적인 존재라는 사실을요. 알 뿐만 아니라 즐기고 있죠."

"그, 그럴 리가……."

"잔혹함이야말로 누이 씨의 본질, 본성이에요. 평소에 순진한 척하며 보이는 행동이야말로 거짓이고요."

우에몬의 얼굴이 분노로 일그러졌다.

"무, 무슨 소리를 하는 거야, 당신! 내 딸을 보고 사람의 마음을 지니지 않은 괴물이라고 말하고 싶은 건가!"

"……제 이 왼쪽 눈에는 이 세상의 것이 아닌 본래 인간의 눈에는 보이지 않는 것이 보입니다. ……따님의 가슴에는 커다란 구멍이 뻥 뚫려 있었어요. 그리고 얼굴은 시커멓게 칠해져 있었죠. ……가슴의 구멍은 마음이 없다는 것, 충족되지 않는 어두운 욕망을 가지고 있다는 걸 의미해요. 얼굴이 시커멓게 칠해져 있다는 건 그 누구도 따님의 본심을 읽어 낼 수 없다는 뜻입니다."

"……."

"믿지 못하시겠다면 아까 제가 본 것을 우에몬 씨에게도 보여 드릴 수 있습니다. 저는 그런 일도 할 수 있거든요."

햐쿠는 그렇게 말한 뒤 우에몬을 향해 손을 뻗었다. 하지만 우에몬은 그 손을 뿌리쳤다. 마치 뱀이라도 쫓아내는 듯한 거친 손길이었다.

"지, 집어치워. 장난치지 마!"

그렇게 외치며 우에몬은 황급히 자리에서 일어섰다.

"이제 됐어! 두 번 다시 당신에게는 부탁하지 않겠어. 그리고 그쪽도 우리 일에 상관하지 마."

우에몬은 두 냥을 내팽개치듯 햐쿠 앞에 던져 놓고 서둘러 밖으로 나가 버렸다. 둘만 남게 되자 고게차마루는 무릎걸음으로 슬며시 햐쿠에게 다가갔다. 햐쿠는 그대로 앉아 있었다. 거의 아무것도 하지 않고 두 냥을 벌었으니 평소라면 기뻐서 어쩔 줄 몰라 했을 텐데 어째서인지 뗩은 표정으로 입을 꾹 다물고 있었다.

"햐쿠 씨?"

"응? 아아, 잠깐 생각난 게 있어서. ……전에 한 번, 희대의 살인마를 본 적이 있거든."

"사, 살인마요?"

"그래, 여자와 아이를 열다섯이나 죽인 끝에 겨우 붙잡혔어. 온 동네에 조리돌림을 당한 뒤 결국 처형당해서 길거리에 잘린 머리가 내걸렸지. 난 우연히 길을 가다가 조리돌림당하는 그를 발견했어. 그리고 충동적으로 내 왼쪽 눈을 통해 그 녀석을 봤지. ……그는 얼굴이 없고 가슴에 커다란 구멍이 뚫려 있었어. 좀 전에 본 그 아가씨처럼."

숨을 들이켜는 고게차마루 앞에서 햐쿠는 "가끔은 저런 인간이 태어나고는 하지." 하고 중얼거렸다.

"자기 욕망에 충실하고 후회나 미안함 같은 감정은 일절 느끼지 않아. 다른 사람에 대한 연민도 느끼지 못하니까 얼마든지 지독한 짓을 할 수 있지. ……그 아버지에게는 차마 말하지 못했지만 아가씨의 손은 피투성이었어. 이미 꽤 많은 생명을 죽인 거야."

"도, 도저히 그렇게는 보이지 않았는데……."

"그래서 그 아가씨가 더 무서운 거야. 양심이라는 게 없는데다 뼛속까지 거짓말쟁이야. 귀여운 외모와 행동은 저 아가씨가 만들어 낸 방패인 셈이지."

"이, 이제 어떻게 하실 거예요?"

"뭘 어떻게 해? 저쪽은 더 이상 우리가 상관하기를 바라지 않는 것 같은데. 이렇게 된 이상 내가 할 수 있는 일은 아무것도 없어. ……하지만 저 아가씨는 조만간 동물을 괴롭히는 것만으로는 만족할 수 없게 될 거야. 결국에는 사람을 노리게 되겠지. 그렇게 되기 전에 빨리 어딘가에 가둬 두는 게 좋을 텐데."

우울하게 중얼거리며 햐쿠는 그제야 바닥에 떨어져 있던 두 냥을 주워 들었다.

그로부터 보름 정도가 흘렀다. 별일 없는 하루하루를 보내며 햐쿠와 고게차마루도 누이라는 아가씨에 대해서는 점차 잊어 갔다.

어느 날 고게차마루가 장을 보고 돌아와 보니 햐쿠는 보이지 않고 대신 처음 보는 종이 꾸러미가 있었다. 가까이 다가간 고게차마루의 눈이 휘둥그레졌다.

"아얏! 이건 후쿠센도의 찹쌀떡이잖아! 어, 어디서 난 거지? 누가 선물한 건가?"

꾸러미를 들어 올리자 작은 종이쪽지가 팔랑거리며 떨어졌다. 쪽지에는 '먹어'라는 말만 적혀 있었다. 하하, 하고 고게차마루는 미소를 지었다. 이 쌀쌀맞은 편지는 햐쿠가 남긴 것이 틀림없었다.

"햐쿠 씨가 사다 줬구나. ……뭐, 약간은 좋은 점도 있다니까."

햐쿠가 돌아오면 같이 먹을까 싶었지만 생각해 보니 언제 돌아올지도 알 수 없었다. 게다가 햐쿠는 의외로 부끄럼을 탄다. 고게차마루가 기다렸다는 것을 알면 햐쿠가 쑥스러운 나머지 "뭐야, 널 위해서 일부러 사다 줬는데 바로 안 먹고 뭐 했어? 별로면 그냥 갖다 버리든가."라며 밉살스러운 소리를 할지도 모른다.

역시 지금 먹어 버리는 게 낫겠어, 하고 고게차마루는 서둘러 포장을 풀었다. 안에는 커다란 찹쌀떡이 세 개나 들어 있었다.

"잘 먹겠습니다!"

고게차마루는 즉시 크게 한입 베어 물었다. 그로부터 삼십 분 후 햐쿠가 돌아왔다. 얼굴은 상기된 채였고 머리카락도 촉촉이 젖어 있었다. 조금 이른 시간이지만 목욕을 하고 돌아온 것이다.

"후우, 역시 목욕을 하면 기분이 좋아. 다시 태어난 기분이라니까."

상쾌한 기분으로 젖은 머리를 쓸어 올리며 집으로 돌아온 순간, 햐쿠는 그 자리에 못 박힌 듯 우뚝 멈춰 섰다. 방 안에서 고게차마루가 쓰러져 신음하고 있었던 것이다. 흰자를 드러낸 채로 입에서는 녹색 거품을 내뿜고 있었다.

"고, 고게차마루! 무슨 일이야!"

"으극, ㄲㅇㅇㅇ……."

"기, 기다려! 지금 물을……."

그 순간 햐쿠는 뒤통수에 강한 일격을 맞고 정신을 잃었다.

잠시 후, 눈을 번쩍 떴을 때는 몸이 밧줄로 칭칭 묶인 채 바닥에 내팽개쳐져 있었다. 햐쿠는 재빨리 눈을 움직였다.

여긴 내 방이야. 아아, 고게차마루가 저기 쓰러져 있어. 여전히 괴롭게 헐떡이고 있잖아.

고게차마루를 부르려던 순간, 머리가 깨질 듯이 아파 왔다.

"크윽……."

햐쿠는 저도 모르게 눈을 꾹 감았다. 머리가 아픈 것은 공격을 당해서겠지. 하지만 누구에게?

그때 가벼운 발걸음 소리가 들리더니 누군가가 옆으로 다가오는 기척이 느껴졌다. 햐쿠가 고개를 들자 방긋 웃는 얼굴의 누이가 거기 서 있었다.

"넌……."

"안녕, 햐쿠 씨. 우후후. 또 만나서 정말 기뻐. 그때 헤어진 뒤로 줄곧 만나고 싶어서 견딜 수가 없었거든."

"왜 이런…… 아니, 그보다 물! 저 아이한테 물을 마시게 해 줘! 저러다 죽고 말 거야!"

"어머, 괜찮아. 죽게 하지는 않아. 그렇게 강한 독은 쓰지 않았는걸."

"독……?"

"그래, 내가 찹쌀떡에 독을 넣어 뒀거든. 하지만 걱정하지 마. 독이라고 해 봤자 잠깐 움직이지 못하게 만드는 거니까. 난 말이야, 이미 죽어 버린 걸로 장난치는 건 진작에 지겨워졌어. 역시 칼자국을 내려면 살아 있는 것에 해야지."

무시무시한 말을 즐겁게도 내뱉으며 누이는 가지고 있던 커다란 보따리를 펼쳤다. 그 안에는 검게 칠한 커다란 상자, 가느다란 칼날과 가위, 두툼한 바늘 등이 잔뜩 들어 있었다. 누이는 도구들을 바닥에 벌여 놓으며 조잘조잘 이야기를 늘어놓았다.

"난 말이야, 부모님이 모르는 수많은 놀이를 하고 있었어. 지금까지 기르던 동물들은 전부 내 놀이 상대였지. 후후. 참 재미있었는데 말이지. 새는 두 손으로 쥐고 힘을 꾹 주면 우두둑우두둑 뼈가 부러지는 게 느껴진다? 아아, 내가 한 생명을 으스러뜨리고 있구나, 하는 느낌은 정말이지 짜릿해."

"……동물들을 그렇게 죽였는데 지금까지 아무에게도 들키지 않았던 거야?"

"응, 하지만 그건 당연해. 나는 눈물 연기를 잘하거든. 슬픈 듯 눈물을 흘리기만 하면 부모님은 금세 내 생각대로 되니까. 바로 또 다른 놀이 상대를 사다 주셨지. 게다가 나한테는 이게 있거든. 햐쿠 씨한테만 특별히 보여 줄게."

그렇게 말하며 누이는 검은 상자를 열어 보였다. 이번에 야말로 햐쿠는 숨이 멎을 뻔했다. 상자 안에서 작고 아름다운 푸른 조각이 반짝반짝 빛을 내고 있었던 것이다.

"그, 그건……!"

"이건 말이야, 아주아주 옛날에 내가 바다에 놀러 갔을 때 주운 거야. 봐, 정말 예쁘지? 햐쿠 씨의 눈이랑 똑같은 색이야."

당연하다. 그 조각은 햐쿠의 왼쪽 눈에 깃든 것과 똑같은 산신의 비늘이니까. 말문이 막힌 햐쿠를 향해 누이는 신이 난 듯 말을 이었다.

"주워 온 그날부터 이건 나만의 보물이 됐어. 그런데 말이야, 이건 그냥 예쁘기만 한 게 아냐. 이걸 주운 다음 날, 나는 이걸 내 보물 상자 안에 넣어 뒀지. 다른 보물, 그러니까 새끼 고양이들의 머리랑 같이 말이야. 귀여운 아이들이었으니까 간직하고 싶었거든. 하지만 얼마 지나지 않아 곧 썩어 버리고 냄새가 날 것 같아서 며칠 뒤 정원에 묻으려고 상자를 열어 봤지. 그런데 깜짝 놀랐지 뭐야."

그 순간 누이의 목소리가 높아졌다.

"새끼 고양이의 머리가 다 사라져 버리고 없는 거야! 핏자 국도, 냄새도 전혀 남아 있지 않았어. 오로지 그 푸른 조각 만이 남아 있었지."

"……."

"나는 당황해서 이번에는 그 상자에 금붕어 시체를 넣어 봤어. 다음 날 또다시 상자를 열어 보니까 글쎄 금붕어도 사 라진 거야. 그래서 알게 됐지. 아아, 이건 하늘이 내려 주신 선물이구나. 그 뒤로는 놀이의 뒤처리가 무척 편해졌어. 이 제는 다른 사람들의 눈을 피해서 버리거나 땅을 파서 묻을 필요가 없어진 거지. 그냥 장난감을 마음껏 가지고 논 다음, 이 상자 안에 넣기만 하면 그걸로 끝이니까."

이게 대체 무슨 일이야, 하고 햐쿠는 마음속으로 신음했 다. 햐쿠의 왼쪽 눈에 신비한 힘을 부여한 것처럼 이 비늘은 평범한 상자에 힘을 부여했다.

그리고 이 편리한 도구로 인해 누이의 악행은 한층 더 가 속화된 것이다. 누이가 지금까지 얼마나 많은 생명을 잔인 하게 죽여 왔는지 햐쿠는 감히 상상조차 할 수 없었다.

그런데도 누이는 천진난만하게 웃고 있었다. 끝을 알 수 없는 사악한 존재를 앞에 두고 햐쿠는 몸이 떨려 오는 것을 멈출 수 없었다. 그럼에도 불구하고 억지로 목소리를 쥐어 짜며 물었다.

"……언제부터야? 스스로가 다른 사람과 다르다고 느낀 게?"

"글쎄? 아마 내가 철들 무렵에 깨달았던 것 같은데."

누이는 태연하게 대답했다.

"하지만 난 분명 그 일이 다른 사람들에게는 받아들여지지 않을 거라는 걸 알고 있었어. 내가 하고 싶은 일은 다른 사람들 몰래 해야 한다는 것도 말이야. 어때, 꽤 똑똑하지? 그래서 계속 모두를 속여 온 거야. 아…… 난 살아 있는 걸 죽이는 게 너무 좋더라고."

누이는 황홀한 눈빛으로 중얼거리듯 말했다.

"피를 보는 것도, 냄새를 맡는 것도 좋아. 무언가가, 누군가가 괴로워하는 모습을 보는 게 소름이 돋을 정도로 즐거워. 한때는 독약 만들기에 푹 빠졌던 적도 있었지. 그런데 그 일도 점점 질리더라고. 그도 그럴 게 새나 고양이는 너무 약해서 금방 죽어 버리고 말거든. 내가 아무리 죽이는 걸 좋아한다지만 그래서야 데리고 노는 보람이 없으니 오히려 짜증이 나더라고. ……그러다 이제 겨우 나한테 딱 맞는 놀이를 찾아냈어. 그게 뭔지 햐쿠 씨라면 알고 있겠지?"

누이가 짓궂은 미소를 띠며 햐쿠를 바라보았다. 햐쿠는 그렇구나, 하고 눈을 감았다.

"……너, 한참 전부터 동물 이상의 것에 손을 대기 시작했구나."

"맞았어. 정답이야. ……이 년 정도 전에 한 어린 소녀가
우리 집 앞에 구걸을 하러 온 적이 있었어. 나는 매일 먹을
것을 주면서 그 아이를 귀여워해 줬지. 그리고 때를 살펴서
아무도 없는 오두막으로 데려가서 같이 놀았어. ……그땐
정말이지 너무너무 즐거웠어."

그렇게 말하는 누이의 볼이 분홍빛으로 물들었다.

"그 아이랑 놀고 난 뒤에야 깨달았어. 내가 바라던 게 바
로 이거라는 걸. 정말 하고 싶었던 건 이거였다는 걸. 하지
만 인간을 사냥하는 건 꽤 까다로워서 조심해야 할 게 너무
많았지."

누이는 갑자기 사라져도 아무도 신경 쓰지 않을 부랑자를
노렸다. 놀이 장소는 아무도 살지 않는 폐가를 골랐고 또
그곳에 드나드는 것을 아무도 보지 못하도록 주의했다. 그
렇게 그녀의 '놀이'가 끝나면 사냥감의 몸을 토막 내서 조금
씩 이 상자에 넣었다고 한다.

하지만 그보다 더 힘들었던 건 이 재미있는 놀이를 너무
자주 하지 않도록 애쓰는 것이었다며 누이는 입을 삐죽였다.

"사람이 연달아 행방불명되면 소문이 돌지도 모르거든.
그래서 한 번 사람을 가지고 놀면 그 뒤 몇 달간은 동물로
대신하며 참았지. ……그런데 요전에는 도저히 참을 수가
없어서 우리 집 안에서 개를 데리고 놀아 버렸어. 그건 내가

생각해도 실수였지. 그걸 아버지한테 들키지 않았다면 더 자유롭게 놀 수 있었을 텐데."

"……."

"지난번 햐쿠 씨가 날 보고 잔혹한 기질이 있다고 한 탓에 늘 오냐오냐해 주던 아버지마저 날 조금 의심하게 된 것 같아. 아버지 눈을 보면 알 수 있지. 그래서 앞으로는 놀 때 훨씬 더 신중하게 행동할 수밖에 없어. ……하지만 괜찮아. 그 덕분에 이렇게 햐쿠 씨를 만났으니까."

누이가 갑자기 물어뜯을 듯한 맹렬한 눈빛을 하더니 햐쿠를 덮쳤다.

"윽!"

"아아, 햐쿠 씨. 당신을 만났을 때는 정말이지 기뻤어. 이렇게 아름다운 눈을 지닌 사람이 있다니, 피가 끓어오르는 걸 느꼈지."

그렇게 말하며 누이는 햐쿠의 안대를 풀고는 드러난 왼쪽 눈을 황홀하게 바라보았다.

"정말 예뻐. ……처음 봤을 때부터 갖고 싶어 견딜 수가 없었어. 그래서 결심했지. 반드시 손에 넣겠다고. 당신이 방심할 때까지 보름 정도 기다리기로 했는데, 그 시간 동안 어찌나 애가 탔는지 몰라. 이제야 겨우 여기까지 왔네."

누이의 연한 복숭앗빛 손톱 끝이 햐쿠의 눈 아래를 톡톡

찔렀다. 그대로 눈알을 파내 버리는 게 아닐까, 하는 생각에 하쿠는 식은땀이 줄줄 흘렀다. 그 떨림을 알아챈 듯 누이는 하쿠의 얼굴에서 손을 거두었다.

"괜찮아. 손가락으로 눈알을 파내지는 않을 테니. 그런 짓을 했다가는 모처럼 찾아낸 예쁜 눈이 뭉개져서 못쓰게 되어 버리잖아. 그래서 깔끔하게 도구를 이용할 생각이야. 자, 이것 봐. 우선 방해되는 눈꺼풀을 이 가위로 자를 거야. 그리고 이 숟가락으로 눈에 상처가 나지 않도록 천천히 도려낼 거야. 걱정 마. 나는 솜씨가 꽤 좋거든. 개나 고양이 눈은 이미 몇 번이나 파낸 적이 있어."

"……내, 내 눈을 파내서 어쩔 셈인데?"

"물론 소중하게 아껴 줄 거야. 눈알은 파내고 나면 금세 하얗게 탁해져서 버릴 수밖에 없지만 하쿠 씨의 눈은 버리지 않을게. 질릴 때까지 계속 바라보다가 더 이상 볼 수 없을 정도로 탁해지면 그땐 과감하게 삼킬 거야. 그러면 하쿠 씨는 나랑 계속 함께 있을 수 있잖아?"

"……너, 정말로 괴물이구나. 네 아버지와 가족이 어떻게 지금까지 눈치채지 못했는지, 이해가 안 될 정도야."

누이의 얼굴에 냉소가 떠올랐다.

"후후후. 아버지나 어머니도 내 가면밖에 보지 않는걸. 귀엽고 순진하고 애교 많은 착한 딸. 그게 그 사람들이 원하는 거거든. 그래서 난 그들이 원하는 딸을 연기해 준 것뿐이야. ……이번 일도 마찬가지야. 날마다 눈물을 흘리며 이렇게 말했거든. 나는 햐쿠 씨의 말대로 정상이 아닐지도 모른다고, 괴물 같은 딸일지도 모른다고. 둘 다 어찌할 바를 모르고 날 열심히 달래지 뭐야."

"가족이 슬프게 우는 얼굴 아래에서 혓바닥을 날름거리고 있었다는 거네. 모두를 속이고 있다는 게 즐거워서 견딜 수 없었겠지?"

"맞아! 잘 아네. 역시 햐쿠 씨야. 아아, 난 햐쿠 씨가 좋아. 나를 이렇게나 잘 이해해 주잖아. 정말 아쉽네. 그런 예쁘고 파란 눈을 가지고 있지 않았다면 친구가 될 수도 있었을 텐데 말이야."

정말 안타깝다는 듯이 말하며 누이는 재빠르게 움직여 햐쿠의 입 안으로 손수건을 밀어 넣었다.

"미안하지만 이렇게 좀 할게. 솔직히 당신의 비명 소리를 듣고 싶지만 방해꾼이라도 왔다가는 다 엉망이 되어 버릴 테니까 말이야."

그렇게 말하며 누이는 가위를 손에 든 채 햐쿠의 몸에 올라탔다. 햐쿠는 애벌레처럼 몸을 뒤틀며 어떻게든 도망치려고 했다.

"으으으음! 으음!"

"자자, 움직이면 더 위험하다구."

누이는 상냥한 말투로 말하며 손을 움직였다. 찍, 하고 가위가 햐쿠의 볼을 베었다. 꽤 깊은 상처라 통증도 제법 강했다. 햐쿠의 턱을 누이가 한 손으로 단단히 쥐었다.

"햐쿠는 착한 아이니까 얌전히 있어야지. 이번에는 절대 실수하고 싶지 않으니까. 상처 하나 없이 그 예쁜 눈을 꺼내고 싶거든."

날카로운 가위 끝이 서서히 햐쿠의 왼쪽 눈을 향해 다가왔다. 햐쿠는 손쓸 도리도 없이 그저 바라볼 수밖에 없었다. 공포로 온몸이 갈가리 찢기는 것만 같았다.

살려 줘!

마음속으로 어린아이처럼 비명을 지른 순간이었다. 으악, 하고 누이가 갑자기 몸을 젖혔다. 작은 갈색 새끼 너구리가 누이의 흰 복사뼈를 물고 늘어진 것이다. 새끼 너구리의 눈은 초점이 맞지 않았고 입 주위에는 녹색 거품이 눌어붙어 있었다. 그런 꼴을 하고서도 누이의 다리에 어금니를 꽉 박아 넣은 채 버티고 있다니.

"이 녀석! 아얏, 아파! 대체 어디서 들어온 거야! 아야! 아프다니까!"

누이는 울면서 새끼 너구리를 가위로 내리치려고 했다. 하지만 햐쿠가 잽싸게 몸을 굴려 누이의 다리를 온몸으로 들이받았다. 예기치 못한 공격에 누이는 맥없이 쓰러졌다.

햐쿠는 겨우 물고 있던 손수건을 뱉어 냈다. 그러고는 숨을 크게 들이쉬고 크게 소리쳤다.

"사루마루! 사루마루, 이리 와!"

화가 난 누이가 햐쿠를 덮치려고 달려들었다. 누이의 발목을 새끼 너구리가 아직 물고 있는데도 누이는 충혈된 눈으로 마구 가위를 휘둘렀다. 햐쿠는 황급히 몸을 굴려 눈이 보이지 않도록 엎드린 채 얼굴을 다다미에 대고 꽉 눌렀다.

누이는 여자라고는 믿기지 않을 정도의 힘으로 햐쿠의 몸을 뒤집더니 가위를 휘둘렀다. 햐쿠는 눈만은 지키고자 필사적으로 버둥거리며 고개를 마구 흔들었다. 누이의 가위는 계속해서 푸른 눈을 노렸지만 번번이 빗나가서 햐쿠의 이마와 볼에 상처를 냈다.

"소중하게 아껴 주겠다고 했잖아! 왜, 왜 몰라주는 거야! 나한테 줘! 그 눈을 달라고!"

"시, 싫어! 아얏! 사루마루! 아직이야? 사루마루!"

도움을 청하는 햐쿠의 목소리가 결국 상대에게 가 닿은 모양이었다. 문이 살짝 열리더니 세 집 건너에 사는 사루마루가 흠칫거리며 안으로 얼굴을 들이민 것이다. 여전히 나이를 짐작할 수 없는 얼굴이었다. 남자인지 여자인지 성별조차 알 수 없는 사루마루는 아가씨들이 입는 화려한 옷차림을 한 채 나긋나긋 굴었다.

"대체 뭐야, 햐쿠. 갑자기 큰 소리로 사람을 부르…… 히, 히이이익!"

웬 여자 밑에 깔려서 얼굴이 피투성이가 된 햐쿠의 모습에 사루마루는 뒤로 자빠질 듯이 놀랐다. 그런 사루마루를 향해 햐쿠가 호통쳤다.

"사루마루! 지금부터 너는 무예에 정통한 무사야! 이 여자를 꽉 붙잡아!"

그렇게 외친 순간 사루마루의 표정이 갑작스럽게 바뀌었다. 나긋나긋해 보이던 얼굴이 돌연 딱딱하게 굳어지더니 분위기도 당당해지는 것이 아닌가.

"나한테 맡겨!"

사루마루는 믿음직한 목소리로 외치고는 곧장 누이에게로 향했다. 누이가 가위를 휘둘렀지만 사루마루는 몹시도 간단하게 누이의 손목을 붙든 다음 몸을 휙 돌려세웠다. 그 순간 누이의 몸이 공중을 날더니 인정사정없이 흙마루에 내팽개쳐졌다.

"악!"

쉰 목소리로 비명을 내지른 누이는 더 이상 움직이지 않았다. 사루마루는 재빨리 햐쿠의 몸을 포박하고 있는 밧줄을 푼 뒤 그것으로 눈을 까뒤집은 채로 기절해 있는 누이의 몸을 잽싸게 묶었다. 그러고는 다시 햐쿠에게로 돌아왔다.

"괜찮은가, 햐쿠?"

"아야야야. 얼굴이 너덜너덜해진 기분인데."

"괜찮아. 상처는 그리 깊지 않아. 나중에 독 비구니한테서 약을 받아 오면 될 거다."

말씨까지 용맹한 무사처럼 바뀐 사루마루. 그는 역시 언제든 주어진 역할로 변신할 수 있는 희대의 배우였다. 이 녀석에게 도움을 청하기를 잘했다고 생각하면서 고개를 주억거렸다. 햐쿠는 얼굴의 처치는 나중으로 미루고 바닥에 뒹굴고 있던 새끼 너구리를 안아 들었다.

다행이다. 아직 숨을 쉬고 있어.

우선 그 사실에 안심한 햐쿠는 새끼 너구리에게 물을 먹였다. 그러자 새끼 너구리가 희미하게 눈을 떴다.

"괜찮아, 고게차마루?"

"햐쿠, 씨…… 저, 이, 이가 빠진 것 같아요."

작게 속삭이는 새끼 너구리를 보며 햐쿠는 웃었다. 웃지 않으면 눈물이 나올 것 같았기 때문이다. 햐쿠는 사루마루에게 들리지 않도록 더 작은 목소리로 속삭여 주었다.

"괜찮아. 이는 다 멀쩡하니까. ……너 독을 먹은 것 같아. 하지만 죽지는 않는다니까 안심해."

"햐, 햐쿠 씨는 이, 이제 괜찮아요?"

"그래, 네 덕분이야. 그러니까 졸리면 자도 돼. 몸을 쉬게 해야 그만큼 독도 빨리 빠질 테니까."

"네, 네에······."

고게차마루는 천천히 눈을 감았다. 고게차마루를 끌어안은 채 햐쿠는 뒤를 돌아보았다. 사루마루가 흙마루로 내려가 바닥에 쓰러져 있는 누이를 뚫어져라 관찰하고 있었다.

"대체 뭐야, 이 여자는. 보아하니 강도는 아닌 듯한데······. 어쩔 거야? 관청에 넘길 텐가?"

"아니, 이 여자를 넘겨야 할 곳은 거기가 아니야. ······너, 미안하지만 한 번만 더 내 부탁 좀 들어줄래? 혹시 해운업을 하는 사카나미야라고 알아?"

"그야 당연히 알지. 멋들어진 간판을 내건 큰 가게 아닌가."

"지금 당장 그곳으로 가서 가게 주인인 우에몬이라는 사람한테 딸이 이곳에 있다고 전해 줘. 딸을 데리러 오라고 말이야."

"알겠어. 바로 가지. ······나한테 두 번 빚진 거야, 햐쿠."

"알아. 이다음에 네 부탁은 뭐든지 들어줄게."

"그래, 그럼 다녀올게."

힘찬 발걸음으로 사루마루는 방을 나섰다.

삼십 분 후, 사카나미야의 우에몬이 가마를 거느리고 괴물 공동주택으로 달려왔다. 처음에 그의 얼굴은 적의와 경계심으로 가득 차 있었다. 아마 햐쿠가 딸을 괴물 공동주택으로 불러들였다고 생각했을 것이다.

하지만 상처투성이인 햐쿠를 보자마자 그의 표정이 당황한 기색으로 변했다. 피는 멎었지만 얼굴에 뚜렷이 남은 깊은 상처들에 말문이 막힌 모양이었다. 그런 우에몬에게 햐쿠는 조용히 말했다.

"이건 모두 따님이 한 짓이에요."

"누, 누……."

"네, 누이 씨가요. 제 눈을 가지고 싶다더군요. 보기 드문 이 푸른 눈을 파내서 자기 것으로 만들고 싶었대요. 그래서 우리 집 꼬맹이한테 독까지 먹였고요."

"아니, 그, 그런…… 설마……."

"……적당히 좀 해, 이 멍청한 아버지야!"

햐쿠는 탕, 하고 거칠게 바닥을 두드렸다.

"당신 딸은 괴물이야! 피비린내 나는 놀이가 좋아서 견디지 못하는 잔인한 천성을 갖고 태어났다고! 이미 사람도 죽였어. 자기 입으로 그렇게 말했지. 증거는 없으니 나로서도 신고할 방법은 없지만 말이야. ……그런데도 딸을 보호해주고 싶다면 더 이상 아무에게도 상처 입히지 못하게 어딘가에 가두도록 해. 그러지 않으면 당신 딸은 조만간 관청에

잡혀 가서 목이 잘리게 될 테니까."

"모, 목이⋯⋯."

"그래, 내 말을 조금이라도 이해했다면 이야기는 여기서 끝이야. 딸을 데리고 썩 돌아가."

우에몬은 그제야 정신을 차린 듯 허겁지겁 묶여 있는 딸을 안아 들고 밖에서 기다리고 있던 가마 안으로 옮겼다. 그 뒤에 다시 한번 햐쿠 앞으로 돌아와 머리를 바닥에 찧었다.

"큰 폐를 끼쳤습니다⋯⋯. 두 번 다시 제 딸이 여기 오게 하지 않겠습니다."

"그야 당연하지."

"네, 그렇게 하고말고요. 정말입니다. 그, 그러니 부, 부디 이 일은 비밀로⋯⋯."

"⋯⋯내가 비밀을 지킬지 어떨지는 당신이 표하는 성의에 달렸어."

"그, 그럼요. 당연하죠. 저기, 조만간 반드시 만족하실 만큼 보내 드리겠습니다. 그러니 부디 제 딸에게 아량을 베풀어 주십시오. 이렇게 부탁드립니다."

우에몬은 연신 허리를 숙인 다음 서둘러 돌아갔다. 햐쿠는 문에 소금을 뿌린 뒤 흙마루에서 올라와 이불 옆에 주저앉았다. 이불 속에는 너구리 모습을 한 고게차마루가 작게 웅크리고 있었다. 그 뒤로 계속 잠들어 있었지만 호흡은 편안해 보였다.

햐쿠는 잠시 망설이다가 이내 손을 뻗어 고게차마루를 쓰다듬어 주었다. 고게차마루도 기분이 좋아진 모양이었다. 얕은 숨소리에 가르릉, 하고 목을 울리는 소리가 섞여 들었다. 그대로 계속 고게차마루를 쓰다듬으며 햐쿠는 중얼거렸다.

"그 멍청한 아버지의 꼴을 보아하니 백 냥 정도는 받을 수 있을지도 모르겠어. 하지만 솔직히 말하면 백 냥으로도 수지가 안 맞아. 너도 그렇게 생각하지? ……하지만 이 녀석을 손에 넣은 건 큰 수확일지도 모르지."

그렇게 말하며 햐쿠가 품속에서 꺼낸 것은 누이가 상자에 넣어 두었던 산신의 비늘이었다. 우에몬이 오기 전에 미리 자신의 품속에 넣어 둔 것이다. 반짝반짝 빛나는 비늘을 손끝으로 어루만지며 햐쿠는 고게차마루에게 속삭였다.

"너, 이걸 보면 분명 엄청나게 기뻐할 거야. 우와, 믿을 수가 없어, 그러면서. 하지만 내 눈도 그렇고…… 이 산신님의 비늘이라는 건 정말이지 말도 안 되는 재앙을 뿌리고 다니는군. 이것만 없었으면 그 누이라는 아이도…… 아니, 딱히 그렇지도 않으려나."

실수로 이 세상에 태어나 버린 듯한 소녀.

짐승의 본성을 지닌 소녀.

그 소녀가 살인 충동을 억누를 길은 그 어디에도 없을 것이다.

"······그 멍청한 아버지가 내 충고를 새겨듣고 딸을 확실하게 집 안에 가둬 놓아야 할 텐데. 어쩌면 얼굴의 상처를 보여 준 건 잘한 일일지도 몰라. 이 상처가 없었으면 그 녀석, 절대 내 말을 믿으려고 하지 않았을 테니까. 그런 부류의 인간은 두 번 다시 쳐다보고 싶지도 않아. 아야얏! 젠장, 한동안 뭘 먹기도 힘들겠네. 아무튼 엄청난 재난이었어."

햐쿠는 격하게 혀를 찼다.

그로부터 몇 달 후, 사카나미야에서 벌어진 소동에 관한 이야기가 가와라반에 실렸다. 사카나미야의 딸 누이가 자살한 것이다. 가와라반에는 '누이가 얼마 전부터 여우에 홀려서 별채에 감금되어 있었으나 증상이 악화되어 급기야 비녀로 자신의 목을 찔렀다'고 적혀 있었다.

햐쿠는 대충 읽어 본 뒤 그를 곧바로 불태워 버렸다. 누이가 죽었다는 사실은 그다지 놀랍지 않았다. 혹시 그렇게 되지 않을까, 하고 어렴풋이 예상하고 있었기 때문이다.

분명 그 소녀는 절망한 것이다. 가장 좋아하는 놀이를 금지당한 것에. 이제 동물이나 인간을 죽일 수 없다는 사실에.

생각대로 행동할 수 없다면, 정말로 자신에게 즐거운 일이 허락되지 않는다면, 이제 이 세상에 아무런 미련도 없었을 테지. 그러니 스스로 목숨을 끊었을 것이다.

"사카나미야 사람들에게는 안타까운 이야기지만…… 어쩌면 그 아이에게는 잘된 일인지도 모르지."

사악한 욕망에 휘둘리는 일 없이 평온하게 잠들기를.

소녀의 성불과 정화를 바라는 것과 동시에 그 얼굴에 드리워진 천진했던 미소를 하루라도 빨리 잊고 싶다고, 햐쿠는 진심으로 바랐다.

6

고게차마루는 풀이 죽어 있었다. 사람의 마음을 지니지 못한 소녀, 누이의 습격을 받은 지 열흘 정도 지나자 몸은 다시 전처럼 건강해졌다. 누이의 아버지 우에몬은 어떻게든 햐쿠의 입을 막고 싶었던 모양이다. 햐쿠에게 사죄라는 명목으로 치러진 입막음의 대가가 무려 이백 냥이나 되었던 것이다. 천 냥 상자가 단번에 불어나자, 햐쿠도 고게차마루도 덩실덩실 춤을 췄다.

게다가 덤으로 무려 산신의 비늘까지 손에 넣었다. 예상치 못한 수확에 고게차마루가 뛰어오를 듯이 기뻐한 것은 말할 것도 없었다. 연말에 이걸 가지고 산신에게 돌아가면 내년 한 해도 산에 풍요가 찾아올 것이 분명했다. 고게차마루도 또 한 번 산신으로부터 크나큰 칭찬을 받을 것이다. 험한 꼴을 당하기는 했지만 마지막에는 좋은 일만 가득했다. 끝이 좋으면 다 좋은 거라고 말하고 싶지만…….

독이 든 찹쌀떡을 우적우적 먹어 치웠던 일은 고게차마루의 마음속에 여전히 상처로 남아 있었다. 물론 햐쿠에게도 그 일로 호되게 혼이 났다.

"평소에 그렇게 코가 좋다고 자랑했으면서 독이 든 것도 몰랐던 거야? 걸신이라도 들렸냐, 이 바보 같은 녀석아!"

지나치게 걱정한 나머지 햐쿠가 험한 말을 내뱉은 거라는 사실은 고게차마루도 잘 알고 있었다. 그래도 풀이 죽는 것은 어쩔 수 없었다.

"하지만…… 애초에 난 독이 무슨 냄새인지도 모르는걸. 어, 어쩔 수 없잖아. 햐쿠 씨가 찹쌀떡을 사다 줬다는 생각에 마냥 기뻤으니까."

하지만 아무리 스스로에게 변명을 해 보아도 누이의 계략에 홀랑 넘어가 버렸다는 사실에는 변함이 없었다. 덕분에 햐쿠의 얼굴은 상처투성이가 되고 말았다. 지금까지 또렷하게 남아 있는 상흔을 볼 때마다 고게차마루의 가슴은 꾹 죄어드는 듯했다.

내가 더 똑 부러지게 행동했다면 햐쿠 씨를 지킬 수 있었을지도 모르는데. 적어도 누이에게 빈틈을 보이지는 않았을

텐데. 햐쿠의 얼굴에 난 상처들을 고쳐 주고 싶은 마음에 산
신에게 부탁해 귀중한 선약을 받아 올까, 하는 생각도 했다.
하지만 그것만큼은 햐쿠가 거절했다.

"그 영악한 대머리 여우한테 당했을 때는 상처가 꽤 심각
했으니까 선약을 먹고 단숨에 나아서 정말 다행이라고 생
각했어. 하지만 선약이란 건 그렇게 함부로 먹으면 안 될 것
같다는 생각도 들어. 이런 베인 상처쯤은 보통 약으로도 충
분히 나을 수 있어."

그렇게 말하니 고게차마루도 더 이상 참견할 수 없었다.
햐쿠의 상처가 깨끗하게 나을 때까지, 후회와 미안함에 시
달릴 수밖에 없을 것 같다.

그런데 고게차마루가 이렇게 풀 죽어 있는 사이에 큰돈이
들어온 것을 핑계 삼아 또다시 햐쿠의 낭비가 심해졌다. 오
늘만 해도 고게차마루의 눈을 피해 천 냥 상자에서 돈을 꺼
내고는 몰래 어딘가로 빠져나가려고 한 것이다. 그 사실을
알고 황급히 매달리는 고게차마루에게 햐쿠는 아우성쳤다.

"뭐 어때! 이백 냥이나 들어왔잖아! 조금은 써도 된다고."

"그렇게 마구 쓰다 보면 모일 돈도 안 모인다고요! 윽, 아,
안 돼요!"

"고지식한 소리 좀 하지 마. 앗, 아얏! 상처가 아파!"

"네에?"

햐쿠는 고게차마루가 놀라 움찔하는 틈을 타 "선물 사 올
게!" 하고 말하며 바람처럼 밖으로 빠져나가 버렸다.

오늘도 말리지 못했다. 고게차마루는 그렇게 생각하면서
어깨를 축 늘어뜨렸다. 햐쿠가 상처 얘기를 꺼내면 아무래
도 힘이 빠져 버리고는 했다.

"이제는 마음을 다잡아야지. ……햐쿠 씨의 상처가 빨리
나으면 좋을 텐데. 그리고 일이 더 많이 들어와서 바빠지면
햐쿠 씨도 돈을 쓸 틈이 없을 텐데 말이야. 하아, 하지만 일
이 그렇게 잘 풀릴 리 없지."

고게차마루는 그야말로 깊고 깊은 한숨을 쉬었다.

한 시간 뒤, 햐쿠가 돌아왔다. 어디선가 잔뜩 마시고 온
모양이었다. 벌겋게 상기된 얼굴을 한 채 갈지자로 걷고 있
었다. 그런데도 손에는 커다란 술병까지 단단히 쥐고 있었
다. 집에서 술을 더 마시려는 심산이었다.

들뜬 기분으로 방으로 들어와 그대로 방바닥에 뒹구는 햐
쿠. 고게차마루가 눈을 치켜뜨고 한바탕 설교를 하려던 바
로 그때였다.

"실례합니다."

부드러운 목소리가 들려왔다. 고게차마루는 즉시 꼬리를
숨기고 문으로 달려갔다. 하지만 바로 열지는 않았다. 누이

사건 이후로 한층 조심스러워진 것이다. 고게차마루는 문을 여는 대신 조용히 문 너머로 말을 걸었다.

"누구세요?"

"같은 공동주택에 사는 사람입니다. 란케이라고 해요. 햐쿠 씨에게 부탁이 있어서요."

고게차마루는 문틈으로 슬쩍 밖을 엿보았다. 밖에는 비구니 모습을 한 여자가 서 있었다. 옅은 먹색의 옷에는 어째선지 다양한 냄새와 피비린내가 스며 있어서 고게차마루는 코 안쪽이 찌릿찌릿했다.

냄새만 맡아서는 상당히 수상쩍은 느낌이었다. 하지만 악의는 전혀 느껴지지 않았다. 살짝 안심하면서 고게차마루는 천천히 문을 열었다.

"죄송합니다만 햐쿠 씨가 지금은 좀…… 저런 상태라서요."

고게차마루는 대자로 뻗어 있는 햐쿠를 손가락으로 가리켰다. 어머, 하고 란케이라는 이름의 비구니는 난처한 듯이 미소 지었다. 나이는 마흔 정도 되어 보였고, 살짝 처진 듯한 얼굴은 무척이나 상냥하고 복스러웠다. 분위기도 말씨도 부드러워서 그야말로 부처님을 모시는 사람다웠다. 항상 바짝 날이 서 있는 햐쿠와는 정반대였다.

"이거야, 참 난처하네요. ……하지만 저도 좀 급한 일이라서요. 그쪽은, 저기……."

"저는 고게차마루라고 해요."

"그래요, 고게차마루. 그럼 지금 이 약을 물에 타서 햐쿠 씨에게 먹여 주세요."

그렇게 말하며 란케이는 작은 종이 꾸러미를 내밀었다. 고게차마루는 뒷걸음질을 쳤다.

"도, 독인가요?"

"설마요. 이건 술 깨는 약이에요. 햐쿠 씨가 지금처럼 이러고 있을 수도 있겠다 싶어서 준비해 온 건데 때마침 쓸모가 생겼군요."

고게차마루는 망설이면서 종이 꾸러미를 받아들고는 킁킁 냄새를 맡았다. 씁쓰레한 냄새였다. 하지만 목덜미가 오싹한 느낌은 없었다. 먹어도 안전하다고 몸이 말하고 있었다.

그럼에도 선뜻 용기가 나지 않아 고게차마루가 망설이자 그 모습을 본 란케이가 먼저 움직였다. 옆에 있던 국자로 물동이에서 물을 퍼 올린 뒤 고게차마루에게서 종이 꾸러미를 다시 가져왔다.

그러고는 내용물을 국자에 솔솔 뿌렸다. 꾸러미 안에 들어 있던 것은 녹색 빛을 띠는 회색 가루였다. 란케이는 가루를 잘 섞은 다음 국자의 물을 꿀꺽 마셔 보았다.

"앗……."

"어때요? 이제 믿어 줄래요?"

"……알겠어요."

고게차마루는 마음을 굳게 먹고 국자를 받아 들어 햐쿠에게 다가갔다. 햐쿠는 란케이가 온 것도 깨닫지 못한 듯했다. 눈을 감고 기분 좋게 콧노래를 부르고 있었다.

"햐쿠 씨, 햐쿠 씨. 물이에요."

"으응? 눈치가 빠르네에. 마침 목이 마르던 참이거드은."

햐쿠는 실눈을 뜨고 고게차마루에게서 국자를 낚아채더니 벌컥벌컥 물을 마셔 버렸다. 다음 순간, 햐쿠의 몸이 딱딱하게 굳었다.

손에서 국자를 떨어뜨리고 목을 움켜잡는 햐쿠의 모습에 고게차마루의 얼굴이 새파래졌다. 역시 독이었나! 하지만 햐쿠는 성대하게 기침을 했을 뿐이었다.

"콜록콜록! 뭐야! 쓰잖아! 젠장! 고게차마루! 이 바보 너구리 녀석! 썩은 물을 먹이다니!"

고게차마루는 멱살을 잡힌 채 필사적으로 외쳤다.

"아, 아니에요! 저 때문이 아니라고요! 저, 저 사람이……."

고게차마루는 흙마루에 서 있는 란케이를 가리켰다. 그쪽을 돌아본 햐쿠는 순간 짓눌린 개구리 같은 소리를 냈다.

"켁! 도, 독 비구니잖아!"

"햐쿠 씨, 안녕하세요."

"젠장, 그렇다면 이 맛없는 물을 먹인 건 당신 짓이군! 여기 올 때마다 대체 나한테 뭘 먹이는 거야!"

"그건 제가 여기 올 때마다 술에 취해 뒹굴고 있는 햐쿠 씨의 잘못 아닐까요? 하지만 덕분에 몸도 마음도 개운해졌죠? 제가 솜씨를 한껏 발휘해 만든 술 깨는 약이니까요."

"켁! ……그래서, 일 때문에 온 거야?"

"네."

"늘 하던 거?"

"맞아요."

란케이는 얼굴에서 미소를 지우더니 손바닥에 올라올 정도로 작은 상자를 햐쿠에게 내밀었다. 그걸 받아 든 햐쿠는 바로 뚜껑을 열었다. 고게차마루도 안을 들여다보았다.

"히익!"

무심코 이상한 소리를 내고 말았다. 상자 속에는 솜이 깔려 있었고, 그 한가운데에 미끈미끈한 짙은 복숭앗빛 덩어리가 놓여 있었다. 그 덩어리에는 검은 눈처럼 보이는 것과 작은 손발이 달려 있었다.

완전히 얼어 버린 고게차마루를 무시한 채 햐쿠는 란케이에게 눈길을 돌렸다. 란케이는 조용히 입을 열었다.

"조금 전에 지운 아기예요. 아기 엄마는 아직 열네 살도 안 된 소녀. 추문이 돌 것을 염려한 부모에게 이끌려 저한테 왔어요. 하지만 그걸로 잘된 일이죠. 제가 본 바로는…… 그 소녀의 몸이 너무 어려서 출산을 버티지 못했을 테니까요."

"당신이 늘 하던 일이니 알아서 잘 처리해 줬겠지?"

"네, 그야 물론. 닷새만 지나면 평소처럼 돌아다닐 수 있을 거예요. 아이 아버지가 누군지는 고집스럽게 말을 하지 않는다더군요. 아무것도 모른다, 기억이 안 난다, 그렇게만 말할 뿐. 여러 가지 일이 연달아 일어나서 머리가 좀 이상해진 건지도 모르겠어요."

"그래서, 나한테 이 불쌍한 아기의 아버지를 찾아 달라는 거야?"

"말할 필요도 없겠죠?"

묘하게 모진 웃음을 머금으며 란케이는 조금 전과 비슷한 작은 종이 꾸러미를 가만히 내밀었다.

"아기 아버지를 찾아서, 평소처럼 확인해 주세요. 이 약을 써야 할 남자인지 아닌지."

"그래, 알겠어. 최대한 빠른 편이 좋겠지?"

"물론이에요. 그럼 부탁드릴게요."

그렇게 란케이는 조용히 집을 빠져나갔다. 숨을 죽이고 있던 고게차마루는 덜덜 떨면서 햐쿠를 돌아보았다.

"저, 저, 저 사람은 뭐, 뭘 하는 사람이에요?"

"독 비구니 말이야? 낙태 전문 의사야. 솜씨로 따지면 에도에서 제일, 아니 천하제일일지도 모르지."

"비, 비구니인데 낙태를 한다고요?"

"저건 일종의 작업복이야. 저런 모습을 하고 있으면 찾아오는 여자들이 안심한다더군. 아아, 이 사람한테 맡기면 태어나지 못한 아기도 성불할 수 있을 것 같다면서."

"……"

"자, 일이야. 고게차마루, 외출할 테니 준비를 좀 도와줘."

"……"

"뭐야, 그 얼굴은?"

"아니요, 좀 놀라서요. 햐쿠 씨가 의욕적으로 일을 하려고 하다니 드문 일이잖아요. ……또 무슨 바람이 분 거예요?"

햐쿠는 고게차마루의 말에 얼굴을 찌푸렸다.

"저 사람이 맡긴 의뢰는 잽싸게 처리하는 편이 좋아. 질질 끌었다가는 그땐 정말로 나한테 독을 먹일지도 모르니까."

"도, 독이요?"

"낙태에 정통하다는 건 독이나 약도 잘 안다는 뜻이거든. 그래서 저 여자가 독 비구니라고 불리는 거야. 하지만 저 사람이 부탁하는 일은 나도 그렇게 싫지 않아. 속이 메슥거리기는 하지만 마지막에는 개운해지니까."

"무슨 뜻이에요, 그게?"

고게차마루가 고개를 갸웃했을 때였다. 갑자기 문 쪽에서 바람이 불어왔다. 고개를 돌리니 흙마루 쪽에 작은 여우가

기운 없이 앉아 있었다. 그 흰 털가죽은 거의 삭발한 것과
다름없어서 차마 눈 뜨고 못 보아 줄 정도였다.

"앗, 너는…… 하게키치!"

고게차마루가 외친 순간, 흰여우가 눈물을 팡 터뜨렸다.

"너무해! 너, 너까지 하게키치라고 부르다니!"

"앗, 미안. 마, 마시로라고 부르려고 했는데 나도 모르게
하게키치라는 말이 튀어나왔어."

"으아아앙! 역시 이름이 덧칠돼 버렸어!"

하게키치는 엉엉 울면서 흙마루에 납죽 엎드려 햐쿠를 향
해 머리를 숙였다.

"부탁드릴게요, 햐쿠 님! 제발 제게 원래 이름을 돌려주세
요! 이, 이대로는 산으로 돌아갈 수가 없어요! 대신 시키시
는 일은 뭐든지 할게요!"

"싫은데."

햐쿠의 목소리는 한겨울의 밤바람보다도 냉랭했다.

"너도 참, 잘도 뻔뻔하게 얼굴을 내밀었구나. 일 년은커녕
아직 두 달도 안 지났잖아. 썩 꺼져. 나는 지금 바쁘단 말이
야. 너랑 놀아 줄 시간 없다고."

"부탁드릴게요! 제, 제발요, 제발!"

"에잇! 진짜 성가시게!"

햐쿠는 눈을 부라리며 하게키치를 내쫓기 위해 양손을 모

아 손뼉을 치려고 했다. 하지만 그 손에 고게차마루가 매달렸다.

"자, 잠깐만요!"

"뭐야? 지금 날 말리려는 거야? 널 괴롭힌 놈이라는 걸 벌써 잊었어?"

"이, 잊지는 않았지만……."

굳이 말하자면 고게차마루도 이 흰여우가 싫었다. 하지만 같은 산신을 모시는 몸으로서 햐쿠처럼 차갑게 대할 수만은 없었다. 무엇보다 이제는 정말로 이 흰여우가 좀 불쌍해지기 시작했다.

우물쭈물 말을 꺼내지 못하는 고게차마루를 보자, 햐쿠는 귀찮아진 듯 신음했다.

"아아, 알겠어. 그럼 쫓아내진 않을게. ……하게키치, 뭐든지 하겠다고 했지?"

"네, 넵! 이름만 돌려주신다면!"

"이름을 돌려줄지 말지는 네가 일을 어떻게 하느냐에 달렸어. 어디, 내 일을 대신 좀 해 봐."

햐쿠는 작은 상자 안에 든 태아를 보여 주었다.

"이 아기의 아버지를 찾아내. 오늘 해가 저물기 전까지. 나는 여기서 기다릴 테니까."

"차, 찾아내면 이름을 돌려주시는 건가요?"

"흐음, 뭐, 생각해 보지."

"할게요! 하고말고요!"

다시 태어난 듯이 활기를 되찾은 하게키치는 그 자리에서 훌쩍 공중제비를 돌았다. 그러자 그 자리에 예쁜 소년이 나타났다. 머리는 손수건으로 단단히 감싸여 있었다.

"그럼 다녀오겠습니다! 반드시 찾아낼게요!"

소년은 그렇게 외치고 밖으로 뛰어나갔다. 고게차마루도 황급히 따라 일어섰다.

"햐쿠 씨, 저, 저도 도와주고 올게요."

"흥, 마음대로 해."

햐쿠는 끝까지 쌀쌀맞은 태도를 잃지 않았다.

자신의 뒤를 쫓아온 고게차마루를 보고도 마시로, 아니 하게키치는 아무 말도 하지 않았다. 둘은 한동안 침묵한 채 계속 걸었다. 먼저 입을 연 것은 고게차마루였다.

"그 뒤로 계속 인간 세계에 있었던 거야?"

"그래. ……이런 모습을 산속 녀석들한테 보이고 싶지 않아서 줄곧 숨어 있었어. 털이 다시 자라기를 기다리면서."

그런 것치고는, 하고 생각하며 고게차마루는 하게키치의 머리를 힐끔 훔쳐보았다. 조금 전 흰여우의 모습일 때도 생각했던 것이지만, 햐쿠가 털을 모조리 밀어 버렸을 때와 비교했을 때 그리 달라진 것은 없어 보였다. 그 사실을 말하자 하게키치의 얼굴이 잔뜩 일그러졌다.

"그래. 털이 저, 전혀 자라지 않아!"

"저런……."

아무래도 햐쿠의 원망과 분노가 너무 강해서 털이 자라나지 않는 모양이었다. 햐쿠의 용서를 받지 못하는 한 계속 대머리로 살아야 할지도 모를 일이었다. 그게 무서워 벌벌 떨던 하게키치는 결국 햐쿠에게 용서를 구하러 큰마음 먹고 공동주택을 찾아왔다고 한다.

"아무튼, 이, 이름만이라도 돌려받고 싶어. 그러면 산에 돌아가서 주인님께 털을 다시 자라게 해 달라고 부탁드릴 수도 있으니까. 이, 이런 볼품없는 모습으로, 게다가 하게키치라는 이름인 채로는 절대 산으로 돌아갈 수 없어."

"……뭐, 네 마음은 알겠어. 하지만 햐쿠 씨는 지금도 하게키치에게 상당히 화가 나 있으니까 그렇게 금방 화가 풀리지는 않을 것 같아."

"하, 하게키치라고 하지 마!"

"아, 그래, 조심할게. ……남자를 찾아내면 신호를 보낼게."

"나도."

그렇게 두 사람은 다음 골목에서 갈라졌다. 고게차마루는 오늘 중으로 그 남자를 찾아낼 수 있을 거라 확신하고 있었다. 자신도 하게키치도 둘 다 코가 좋은 편이었기 때문에 찾아야 할 냄새도 이미 기억하고 있었다.

아기의 유해에는 세 가지 냄새가 있었다. 아기 자신의 냄새, 어머니의 냄새, 그리고 아버지의 냄새. 그 아버지의 냄새를 찾으면 된다. 비만 내리지 않는다면 며칠이 지난 냄새라고 하더라도 몇 리 밖에서까지 맡을 수 있었다.

고게차마루는 코에 온 신경을 집중한 채 마을 안을 어슬렁어슬렁 돌아다녔다. 그때 문득 눈앞에 작고 새파란 도깨비불이 팟, 하고 나타났다. 도깨비불은 금세 사라졌지만 고게차마루는 그 의미를 단번에 이해했다. 하게키치가 남자를 찾아냈다는 신호였던 것이다.

고게차마루는 서둘러 하게키치의 냄새를 쫓았다. 이윽고 하게키치가 있는 곳에 도착했다. 하게키치는 빗물 통 옆에 숨어서 큰길 건너편을 뚫어져라 보고 있었다. 고게차마루도 발소리를 죽인 채 하게키치의 뒤에 달라붙었다.

"하게키치……."

"그 이름으로 부르지 말라니까……. 찾았어. 저 녀석이야. 맞지?"

하게키치가 가리킨 쪽을 보니 큰길 건너편 찻집에 한 남자가 앉아 있었다. 그는 찻집에서 일하는 것처럼 보이는 소녀와 무어라 이야기를 나누며 웃고 있었다. 나이는 스무 살쯤 되었을까. 누구나 놀랄 만한 미남이었다. 그러나 그의 몸에서는 조금 전에 본 아기에게서 맡았던 것과 같은 냄새가 풍겼다.

"……응, 틀림없어."

고게차마루는 고개를 끄덕였다.

집으로 돌아온 고게차마루 일행을 보고도 햐쿠는 그리 놀라지 않았다.

"흐음, 벌써 찾았어? 꽤 빠르네."

"그, 그럼 이제 이름을 돌려주시는 건가요?"

이름을 돌려받을 생각에 잔뜩 기대에 부풀어 있던 하게키치의 콧등을 햐쿠가 손가락으로 탁 튕겼다.

"바보. 일은 이걸로 끝이 아니야. 그 녀석이 어떤 놈인지 확인해야 돼. 어린 소녀를 아무렇지 않게 잡아먹는 놈인지 아닌지."

햐쿠는 길을 안내하라며 훌쩍 일어섰다. 그 모습에서 평소와 조금 다른 기백 같은 것이 뿜어져 나왔다.

그렇게 두 사람은 햐쿠를 데리고 조금 전의 젊은 남자가 있던 곳으로 돌아갔다. 남자는 아직 그 찻집에 있었다. 그런데 이번에는 아까와 다른 소녀를 옆에 앉히고 열심히 이야기를 하고 있었다. 소녀의 앳된 얼굴이 기쁜 듯이 붉어지는 것을 보아하니 무어라 입에 발린 소리를 하고 있는 것 같았다. 몸을 숨긴 채 햐쿠는 남자를 빤히 관찰했다.

"호오, 꽤 잘생긴 남자잖아. 배우를 해도 되겠는걸."

"주변 사람들한테 살짝 물어봤는데요. 이름은 마사히코라고 하고 큰 비단옷 도매상의 장남이라고 해요. 다정하고 눈치가 빨라서 근방에서는 평판이 좋은 효자래요."

"저, 저도 제대로 탐문 조사를 했어요."

자기가 공을 세웠다는 것을 주장하듯 하게키치가 그 사이로 끼어들었다.

"저 녀석, 외모가 저러니 여자들한테 인기가 아주 많대요. 하지만 뜬소문 하나 없고 지금은 장사를 배우는 게 먼저라면서 홍등가에도 전혀 가지 않는다나 봐요."

"흐음, 다정한 데다가 성실하기까지 한 남자란 말이지. 하지만 과연 그게 저 녀석의 진짜 모습일까? 어쨌든 열네 살도 채 되지 않은 소녀에게 손을 댄 건 확실하니까. 어디, 잠깐 살펴볼까."

그렇게 말하고 햐쿠는 안대를 풀었다. 그리고 남자를 보자마자 바로 다시 안대를 했다.

"햐쿠 씨? 무, 무슨 일이에요?"

"……안 되겠어, 저건…….."

"안 되겠다고요?"

"그래. ……아주 악독한 놈이야."

햐쿠가 아니꼽다는 듯 내뱉었다.

"저놈은 여자를 있는 대로 잡아먹고 있어. 그것도 아무것도 모르는 어린 소녀들만 노려서. 아직 어린 소녀가 바로 저 녀석의 취향이야. 저 녀석의 시커먼 그림자에는 헐벗은 여자아이들의 몸이 잔뜩 드리워져 있었어. 젠장! 정말이지 내 손으로 직접 죽이고 싶을 만큼 악랄한 놈이야!"

평소보다 훨씬 더 험한 말을 내뱉는 햐쿠. 그 몸에서는 분노의 불꽃이 피어올랐다. 그 사나운 얼굴에 고게차마루도 하게키치도 아무 말도 할 수 없었다. 고게차마루가 조심스럽게 입을 뗐다.

"하, 하지만, 그런 짓을 계속 저질러 왔는데 어째서 아무도 그 사실을 알지 못했을까요?"

"겉모습이 너무 멀쩡하니까 그렇겠지. 게다가 영악하고 말주변까지 좋으니 저자가 점찍은 소녀들은 홀라당 넘어가고 말았을 거고. 아마 모든 소녀들이 저자에게 강제로 당한 것만은 아닐 거야. 저 녀석의 교묘한 사탕발림에 몸을 허락하고 만 거지. 그게 어떤 의미인지도 아직 모른 채. ……정말 날 좋아한다면 증거를 보여 줘. 내가 하는 말은 다 잘 들어야 하고 누구에게도 얘기해서는 안 돼. 그렇게 맹세할 수 있지? ……그런 말을 지껄이면서 감쪽같이 어린아이들을 구워삶았겠지."

"그, 그럼 어떻게 하죠? 앗! 혹시 핫초보리의 개다래나무 형님에게 신고할 건가요?"

"바보 같은 소리 하지 마. 그런 짓을 했다가는 지금까지 저 녀석에게 당했던 소녀들이 세상천지에 다 까발려지게 돼. 그걸 막기 위해 소녀들도 그 부모들도 우리와는 상관없다, 그런 일은 결코 없었다면서 필사적으로 입을 맞출 수밖에 없겠지. ……그 정도의 엄청난 추문이야, 이건."

저 남자는 그걸 알고 있었다. 자기 죄의 무게를 방패 삼아 자신의 몸을 지키고 있는 것이었다. 구역질이 날 정도로 징그러웠다. 햐쿠는 증오스러운 시선으로 그 남자, 마사히코를 바라보았다. 그의 진짜 모습을 알아차리고 나자 미소를 짓고 있는 잘생긴 얼굴조차 짐승으로밖에 보이지 않았다. 문득 햐쿠가 히죽 웃었다.

"하지만 그 사실을 알고 나서 가만히 내버려 둘 수는 없지. 맡은 일은 확실하게 처리하는 게 이 햐쿠 님의 신조니까 말이야. ……어이, 하게키치."

"네, 넵! 무슨 일이십니까!"

"너, 여우 맞지? 여우는 나름 술법 같은 것도 쓸 수 있지 않아?"

"하, 할 수 있어요. 인간을 홀려서 늪에 빠뜨리는 정도이지만요."

"아주 좋아. 그럼 그걸 좀 해 줘야겠어. ······악당을 지옥
에 떨어뜨려 주지!"

이를 드러내고 웃는 햐쿠의 모습에 하게키치는 물론이고
고게차마루까지 부들부들 떨기 시작했다.

완전히 해가 졌을 무렵, 마사히코는 기분 좋은 걸음으로
집으로 돌아가고 있었다. 요즘 그가 문턱이 닳도록 들락거
리는 찻집의 자매 데이와 이치. 데이는 열네 살이고, 이치는
열두 살이었다. 둘 다 귀엽고 피부도 뽀얀 것이 딱 마사히코
의 취향이었다.

이제는 둘 다 나를 많이 따르게 되었으니 조만간 손에 들
어오겠지. 특히 이치 쪽이 탐이 난단 말이야. 항상 소녀들을
농락하던 그 오두막까지는 어떻게 끌어들일까. 일이 끝난
뒤에는 흐느껴 우는 아이도 많으니 그걸 달래기 위해 여러
가지 달콤한 말, 거기에 비녀 같은 것도 좀 준비해 둬야지.

그런 것들을 생각하며 걷고 있을 때였다. 문득 부드러운
무언가에 다리를 부딪쳤다.

"어? 뭐, 뭐지?"

당황해서 살펴보니 한 소녀가 자신의 다리에 매달려 있는
것이 아닌가.

"오빠! 오빠! 어디 갔었어!"

울면서 매달리는 것을 보니 길을 잃은 모양이었다. 나이는 열 살 정도일까. 얼굴은 보이지 않았지만 목덜미가 투명할 정도로 새하얀 아이였다.

마사히코의 가슴이 술렁이기 시작했다. 지금은 어둡고 마침 길에는 인적도 없었다. 아무도 자신과 이 아이를 보고 있지 않았다. 마른침을 꿀꺽 삼키며 마사히코는 소녀에게 부드럽게 말을 걸었다.

"미안해. 아마 사람을 잘못 본 것 같은데, 나는 네 오빠가 아니야. 하지만 내가 같이 오빠를 찾아 줄게. 이제 안심하고. 자, 얼굴을 들어 봐."

소녀가 천천히 얼굴을 들었다. 깜짝 놀랄 정도로 어여쁜 아이였다. 눈물이 맺힌 눈, 약간 붉어진 코끝까지 사랑스러웠다. 그 순간 마사히코 안의 야수가 포효했다.

먹고 싶어! 이 아이를 꼭 잡아먹고 싶어!

온몸의 피가 맹렬하게 끓어오르는 것을 억누르며 마사히코는 주위를 빠르게 휙 둘러보았다. 마침맞게 건너편에 깊은 풀숲이 있었다. 저 안이라면 결코 사람들 눈에 띄지 않을 것이다. 아이의 입에는 재갈을 물리면 된다. 그러면 비명이 새어 나올 일도 없겠지.

날뛰는 마음을 진정시키며 마사히코는 가장 자신 있는 무

기인 선한 미소를 내보였다.

"아, 그래. 그러고 보니 나랑 닮은 젊은이가 저쪽 풀숲으로 들어가는 걸 봤어. 네 오빠가 아닐까? 어때? 내가 풀숲에 같이 가 줄까?"

"……응, 부탁해."

작은 손이 마사히코의 손안으로 미끄러져 들어왔다. 성공이라는 생각에 마사히코는 미소를 지었다. 이제 이 아이는 내 손에 들어왔다. 다급해진 마사히코는 소녀의 손을 끌고 잽싸게 풀숲으로 들어갔다. 소녀는 전혀 저항하지 않았다.

풀숲 안쪽 깊은 곳까지 들어간 마사히코가 다 왔다는 듯 발을 멈췄을 때였다. 갑자기 소녀의 손이 쑥 빠져나갔다. 뒤를 돌아본 마사히코는 눈을 의심했다. 소녀의 모습이 보이지 않았다.

방금 전까지도 손을 잡고 같이 걸어왔는데. 어디 갔지? 설마 도망친 건가? 아니, 놓치지 않아. 절대 놓치지 않을 거야.

"꼬마야, 어디 있니? 나랑 같이 가지 않으면 오빠를 찾지 못할 텐데?"

그렇게 외치자 어디선가 희미한 대답이 돌아왔다. 도망친 것은 아닌 모양이었다. 마사히코는 가슴을 쓸어내리며 더욱 달콤한 목소리로 소녀를 불러 댔다.

"어디야? 어디로 가 버린 거니?"

"······여기."

"여기라니?"

"여기. 여기야."

목소리는 들리는데 모습이 보이지 않았다. 어느새 마사히코는 캄캄한 어둠 속에 홀로 남겨지게 되었다. 아무리 밤이라 해도 지나치게 어두웠다. 손에 들고 있는 초롱불조차 빛을 잃은 채, 그 무엇도 비추고 있지 않았다. 무언가가 이상하다고 깨달은 순간, 갑자기 목소리들이 일제히 터져 나왔다.

"아빠······."

"아빠······ 여기야."

"여기 있어."

"이쪽이야."

셀 수 없이 많은 가녀린 목소리들이 아래쪽에서부터 솟아올랐다. 마사히코는 황급히 발 아래쪽을 보았다.

"끄아아아아악!"

그는 비명을 지르고 말았다. 그의 발치에는 꿈틀거리는 붉은 갓난아기들로 가득했다. 하나같이 다들 녹아내린 눈으로 마사히코를 보고 있었고 그를 향해 짧은 손을 뻗고 있었다. 입술이 없는 입에서는 끊임없이 "아빠."라는 외침이 흘러나왔다.

도망치려고 해 보아도 발이 움직이지 않았다. 그 틈을 타

갓난아기들은 축축하고 번들거리는 손발을 이용해서 마사히코의 다리를 지나 점점 몸 위로 기어오르기 시작했다.

결국 그중 하나가 마사히코의 얼굴까지 기어올라왔다. 바둑돌처럼 동그란 갓난아기의 눈이 마사히코의 눈을 뚫어지게 바라보고 있었다. 원망으로 가득 찬 두 눈으로.

"아빠……."

"으아아아아아아아악!"

끝내 마사히코는 정신을 잃고 털썩 쓰러졌다. 그 몸에 달라붙어 있던 무수한 아기들은 밤바람에 녹아내리듯 사라졌다.

대신 세 사람의 그림자가 마사히코를 둘러쌌다. 당연하게도 햐쿠 그리고 고게차마루와 하게키치였다. 구더기라도 보는 듯한 눈으로 마사히코를 내려다보며 햐쿠는 하게키치에게 말했다.

"아주 훌륭했어, 하게키치. 솜씨가 좋은걸."

"가, 감사합니다! 영광입니다!"

"어디 보자, 그럼 마지막 마무리를 해 볼까."

그렇게 말하며 햐쿠는 마사히코의 입을 벌려 그 안에 작고 검은 환약을 떨어뜨렸다. 고게차마루가 흠칫하며 눈을 크게 떴다.

"주, 죽이는 거예요?"

"마음 같아서는 그러고 싶은데 말이야. 하지만 이건 어떤 의미에서 죽는 것보다 괴로울 수도 있어."

"네?"

"킥킥, 이건 독 비구니의 특제 불능약이야. 이런 짐승 같
은 놈한테는 이 약이 가장 효과가 좋거든. 이 녀석은 두 번
다시 어떤 여자도 안을 수 없어. 물론 평생 아이도 가질 수
없지. 꼴좋다!"

히이이익, 하고 신음하며 왠지 모르게 다리를 오므리는
고게차마루와 하게치키를 향해 햐쿠는 시원스럽게 "가자."
하고 말했다.

며칠 뒤, 우물에 물을 뜨러 간 고게차마루에게 란케이가
지나가다 말을 걸어왔다.

"안녕하세요, 고게차마루."

"앗, 라, 란케이 씨, 안녕하세요……."

고게차마루의 목소리가 자연스럽게 가냘파졌다. 이 비구
니를 어떻게 대하면 좋을지 아직 잘 모르겠다. 낙태를 한다
는 이야기를 듣고 난 뒤로는 아무래도 몸이 움츠러들고 마
는 것이다. 그런 반응이 생소하지도 않은지, 란케이는 여전
히 온화하게 미소 지었다.

"지난번에는 제가 신세를 졌네요."

"아, 아니요……. 그게 사실은 그 남자를 찾아낸 것도, 혼

내 준 것도 저희들이 아니에요. 제 치, 친구가 한 일이에요."

"어머, 그랬어요? 그럼 그 친구에게도 꼭 감사 인사를 하고 싶은데요. 지금 어디 있죠?"

"⋯⋯이미 돌아갔어요."

그랬다. 그 흰여우는 이미 산으로 돌아가 버린 뒤였다. 하게키치라는 이름인 채로. 결국 햐쿠가 이름을 돌려주지 않은 것이다.

"생각해 봤는데 역시 싫어. 네가 거짓말을 한 탓에 생긴 마음의 상처가 아직도 쿡쿡 쑤시는걸. 조금 더 하게키치인 채로 살아."

"그, 그럴 수가아아!"

엉엉 우는 하게키치가 불쌍했던 나머지, 고게차마루는 결국 간직하고 있던 산신의 비늘을 넘겨주었다.

"자, 이거. 이걸 가지고 산으로 돌아가. 그러면 주인님이 칭찬해 주실 거야. 그리고 상으로 네 털도 원래대로 돌려놔 주실지도 모르잖아? 그러면 이름이 하게키치라고 해도 그렇게 부끄럽지는 않을 거야."

"고게차마루⋯⋯ 그, 그래도 돼?"

"응, 그 대신 앞으로 햐쿠 씨의 비늘은 두 번 다시 노리지 마. 알겠지?"

"……알겠어. 고, 고마워. 저기…… 여러 가지로 미안했어."

"괜찮아."

하게키치는 그렇게 비늘을 소중히 들고 산으로 돌아갔다. 햐쿠는 "기껏 세운 공을 양보하다니 물러 터져 가지고는." 하고 얄미운 소리를 했지만 고게차마루는 신경 쓰지 않았다. 더 이상 누군가의 눈물은 보고 싶지 않았기 때문이다.

그런 일을 떠올리고 있는 고게차마루에게 란케이가 나직한 음성으로 말했다.

"뭐, 누구 덕분이든지 간에 아무튼 고마워요. 그런 흉악한 놈은 죽을 때까지 여자아이들을 독니로 물어뜯거든요. 당신들이 그자를 처리해 준 덕분에 얼마나 많은 아이들이 구원받게 됐을지. ……제가 아기를 낙태할 일도 몇 번쯤은 줄어들겠지요."

"조, 좋아서 하는 일이 아닌가요?"

"이런 일을 하지 않아도 된다면 얼마나 좋겠어요. 하지만 그렇게는 안 돼요. ……저한테는 여전히 수많은 여자들이 찾아와요. 이미 아이를 너무 많이 낳아 도저히 키울 수 없어서, 모르는 남자에게 강간을 당해서, 산모의 몸이 병약한 탓에 그대로 아이를 낳을 경우 엄마와 아이 모두 죽을 위기라서. 이유는 다양하지만 다들 구원을 바라고 있어요. 그러니 저도 그 여자들의 소원을 들어줄 수밖에 없는 거예요.”

“하, 하지만…… 아기한테는 죄가 없는데.”

“그 말이 맞아요. 그러니까 아기를 죽인 죄는 전부 제가 뒤집어쓸 거예요.”

란케이는 상냥하면서도 단호한 목소리로 딱 잘라 말했다.

“자기 배 속의 아이를 좋아서 낙태시키는 여자는 없어요. 하지만 반대로 낳고 싶어도 못 낳는 여자도 있죠. ……저는 양쪽 모두의 괴로움을 잘 알고 있어요. 과거의 저 역시 잘못된 사랑을 한 끝에 아이를 가지고 저처럼 낙태를 해 주는 사람을 몰래 찾아갔던 적이 있었죠. 하지만 그 사람의 방식이 너무 끔찍해서…… 저는 하마터면 죽을 뻔했고 두 번 다시 아이를 낳지 못하는 몸이 됐어요.”

“그럴 수가…….”

“그래서 결심했어요. 저 같은 여자가 또 생겨나지 않게 하기 위해서라도 온 힘을 다하겠다고요. 정확한 처치를 하고 알맞은 약을 써서 여자들에게는 최대한 고통을 느끼지 않게 하고 싶다는, 오로지 그 생각만으로 지금까지 이 일을 해 왔어요. 그리고 앞으로도 계속할 거예요.”

“…….”

“저는 죽으면 지옥에 떨어지게 되겠죠. 수많은 아이들을 죽인 죄로 말이에요. 하지만 엄마들에게는 아무런 죄도 없

다고 염라대왕 앞에서 당당하게 말할 생각이에요. 염라대왕
도 이런 제 뜻을 조금이나마 알아주시겠지요."

고게차마루는 차마 목소리를 낼 수 없었다. 이 여자는 이
미 각오를 했다, 지옥에 떨어질 것을. 하지만 그 죄는 대체
얼마나 커다란 온정에서 비롯된 것이란 말인가.

고개를 숙인 채 떨고 있는 고게차마루에게 란케이가 섭섭
하다는 듯이 말했다.

"제가 무서운가요?"

"아니요……."

고게차마루는 얼굴을 들고 란케이의 눈을 똑바로 바라보
았다.

"란케이 씨는 분명 지옥에 떨어지지 않을 거라고, 저는 그
렇게 생각해요."

고게차마루는 놀란 듯한 란케이를 향해 미소를 지었다.

"그러고 보니 란케이 씨는 약에 대해서 잘 아시죠? 다음
에 저한테도 약을 조제하는 법이나 연고 만드는 법을 알려
주실 수 있나요?"

"약을요? 저야 괜찮기는 한데 왜 그러죠?"

"햐쿠 씨가 다치는 일이 꽤 많아서요. 제가 약을 만들 수
있다면 언제든 상처를 고쳐 줄 수 있잖아요?"

그런 일이라면 물론, 하고 란케이는 고개를 끄덕였다.

"알려 주고말고요. 손님이 없을 때라면 언제든지 기꺼이 알려 줄게요. ……고마워요, 고게차마루."

기분 탓인지 란케이의 목소리에는 약간의 물기가 어린 듯했다.

란케이와 헤어진 뒤, 고게차마루는 물통을 들고 집을 향해 걸어가기 시작했다. 그때 좁은 골목 저편에서 한 젊은 아가씨가 이쪽을 향해 걸어오는 것이 보였다. 한 발짝씩 천천히 앞으로 걸어오는 아가씨. 한 손을 자신의 배에 살짝 대고 있었다. 마치 배를 지키려는 듯이, 감싸는 듯이.

그 옆을 스쳐 지났을 때, 고게차마루는 아가씨의 슬픔과 눈물의 냄새를 맡을 수 있었다. 아가씨가 란케이에게 가는 길이라는 사실을 깨닫자 고게차마루는 무어라 형용할 수 없는 기분에 가슴이 죄어 왔다.

저 아가씨에게도, 란케이에게도, 부디, 부디 행복이 가득하기를.

그렇게 기원하는 고게차마루의 속삭임이 따뜻한 봄바람에 두둥실 실려 날아갔다.

　고게차마루가 우물에서 돌아왔을 때, 햐쿠는 "늦었잖아!"
라며 호통을 쳤다.

　"대체 물을 뜨러 어디까지 갔다 온 거야! 난 또 후지산 산
자락까지 갔나 했네. 모처럼 사콘지가 경단을 갖다줬는데
말이야. 네가 계속 돌아오지 않아서 경단 앞에서 헛물만 켜
고 있었잖아!"

　"⋯⋯그냥 먼저 먹지 그랬어요."

　"흥, 요전번 같은 일이 일어나면 안 되니까 말이야. 먹을
때는 같이 먹는 게 좋잖아? 아무튼, 빨리 경단이나 먹자. 배
고파. 아, 그 전에 차!"

　햐쿠가 자기 할 말만 마구 쏟아 내자, 고게차마루도 울컥
했다.

　"⋯⋯저기, 햐쿠 씨. 적어도 '차 좀 끓여 줄래?'라든가 '차
가 마시고 싶은데 부탁해도 되니?'라고 말할 순 없나요?"

　"뭐야? 불만 있어?"

　"불만은 없지만 조금 불쾌해요."

때마침 고게차마루는 훌륭한 협박거리를 떠올렸다. 그러고는 햐쿠에게 은근한 목소리로 말했다.

"⋯⋯조심하는 게 좋을 거예요. 일단은 제가 부엌일을 전담하고 있으니까요. 언젠가는 저도 참다 참다 햐쿠 씨의 된장국에 마취약을 넣는 그런 일을 저질러 버릴지도 모른다고요."

"이 녀석이, 지금 날 협박하는 거야?"

"흐흥, 하지만 정말 하려고 마음만 먹으면 언제든 할 수 있겠죠. 저, 란케이 씨랑 친구가 됐거든요."

켁, 하고 햐쿠가 눈을 부릅떴다.

"독 비구니랑? 친구우우?"

"란케이 씨예요. 그런 무시무시한 이름으로 부르지 말아 주세요."

"그 여자는 그냥 독 비구니야. 그보다 바, 방금 한 말, 정말이야?"

"네, 앞으로 저한테 이것저것 가르쳐 주시기로 했어요. 잠깐 이야기를 들었는데 약으로 쓰는 약초 중에는 독이 있는 게 많대요. 우헤헤⋯⋯."

"뭐야! 무슨 속셈이야!"

"글쎄요, 어쩔까나아."

보기 드물게 겁을 먹은 햐쿠의 얼굴을 뒤로하고, 고게차마루는 콧노래를 흥얼거리며 차를 준비하러 갔다.